# Le pendentif maléfique



J'AI LU

## R.L. STINE

*R.L. Stine est né en 1943, à Bexley, dans la banlieue de Columbus, Ohio. Fils aîné d'une famille modeste, il découvre une vieille machine dans son grenier et décide d'écrire son premier recueil d'histoires drôles. Diplômé de l'université d'Ohio, il part en 1967 pour New York dans l'espoir de s'y voir consacrer écrivain. Il sera d'abord rédacteur en chef du magazine humoristique pour enfants* Bananas. *Un an plus tard, il y rencontre sa femme, Jane, avec qui il aura un fils, Matt.*

*Il décide alors de se lancer dans un genre nouveau : les livres d'épouvante pour les jeunes. Il connaît un énorme succès et chacun de ses livres est un best-seller. Quand on lui demande d'où lui viennent ses idées, il répond s'inspirer du mode de vie et du langage de son fils, auxquels il mêle les frayeurs du petit garçon qu'il était. Il vit depuis plus de vingt ans à Manhattan où il écrit tous les jours dans son appartement près de Central Park.*

R.L. Stine

# Le pendentif maléfique

Traduit de l'américain
par Isabelle Tolila

Éditions J'ai lu

Titre original :
FEAR STREET SAGAS® — A NEW FEAR
This edition published by arrangement with the original publisher, Pocket Books, a division of Simon & Schuster Inc., New York

## PROLOGUE

# Le village de Shadyside
# 1900

Nora Goode Fear baissa la tête. Elle était à bout de forces. Elle avait répondu aux questions, décrit tout ce dont elle avait été témoin dans la demeure des Fear.

Non pas une fois.

Ni deux.

Mais pour la troisième fois maintenant.

Et pourtant, ils la retenaient toujours prisonnière ici. Dans cette pièce glaciale dépourvue de fenêtre.

La flamme de l'unique bougie vacilla. Les ombres se déplacèrent.

Nora leva les yeux sur l'homme assis derrière le bureau. Il tenait son destin entre ses mains. Il avait le pouvoir de la libérer. Ou de la faire enfermer.

Il poussa un soupir de lassitude et s'adossa à sa chaise. Des papiers étaient étalés devant lui. Des papiers contenant ses questions et les réponses de Nora.

Nora essuya ses yeux baignés de larmes et se redressa. Son dos était douloureux tant elle était contractée. Elle avait faim et n'avait plus le courage de lutter contre cet homme. Elle avait envie de se laisser glisser au sol, de se rouler en boule et de s'endormir.

Pour rêver de Daniel. Des jours heureux qu'ils

avaient vécus ensemble avant que la malédiction pesant sur sa famille n'entraîne mort et destruction.

— Bien, Nora, reprit l'homme avec gravité. Racontez-moi de nouveau ce qui s'est passé.

Encore ? Les épaules de Nora s'affaissèrent. Si je ne suis pas déjà folle, je le serai bientôt, pensa-t-elle avec désespoir. Comment répéter encore et encore ce récit d'horreur sans perdre la raison ?

— Dites-moi la vérité sur ce qui s'est passé chez les Fear, ordonna l'homme avec impatience. Dites-moi la vérité et vous serez libre.

Je dois être forte, se dit Nora. Forte pour mon bébé. Le bébé de Daniel.

Nora savait qu'elle était enceinte du premier enfant de Daniel Fear. Son cœur le lui disait. Elle ferait n'importe quoi pour le protéger. Absolument n'importe quoi.

— Le grand-père de Daniel, Simon Fear, fêtait son soixante-quinzième anniversaire, se força-t-elle à répondre calmement. On avait allumé les bougies sur le gâteau. Daniel a annoncé notre mariage. Son grand-père a hurlé...

— Mensonge ! aboya l'homme. Vous n'avez jamais été mariés. Tout le monde le sait.

— Nous étions mariés ! protesta Nora.

Comment pouvait-elle le convaincre de la croire ?

— Nous avions tenu notre mariage secret, expliqua-t-elle pour la énième fois. Nous ne voulions pas prévenir nos familles avant que la cérémonie ait eu lieu. Nous avions peur qu'ils essaient de nous séparer — à cause de la discorde qui régnait entre les Fear et les Goode.

L'homme secoua la tête d'un air sceptique.

— Continuez, jeta-t-il, agacé.

— Nous n'avions même pas pris le temps de choisir des alliances. Daniel m'a donné ceci à la place.

Nora souleva la chaîne de l'amulette qu'elle portait au cou.

— C'était l'anniversaire du grand-père de Daniel. Quelqu'un a apporté le gâteau avec les bougies allumées. Puis Daniel a annoncé notre mariage. Son grand-père a poussé un hurlement et s'est dressé hors de son fauteuil roulant...

— Impossible ! l'interrompit l'homme. Simon Fear était un faible vieillard. Il ne pouvait pas se lever de son fauteuil.

Nora tressaillit sous la dureté du ton.

— Pourtant, il l'a fait, insista-t-elle. Puis il est tombé et s'est effondré sur la table. Le gâteau a basculé. Les flammes des bougies ont déclenché l'incendie.

— Vous voudriez me faire croire que de minuscules bougies sur un gâteau d'anniversaire ont réduit une immense demeure en cendres ?

Nora ferma les yeux et hocha la tête. Elle revoyait Daniel à ses côtés, la présentant à ses grands-parents. L'instant d'après, un mur de feu les séparait — pour toujours.

— Vous n'avez pas essayé d'étouffer le feu ? demanda l'homme.

— Personne ne le pouvait. Daniel a essayé, mais les flammes semblaient être des créatures vivantes. Des créatures possédant leur propre volonté. Si brûlantes et si éblouissantes...

Nora inspira profondément et se força à croiser le regard impitoyable de l'homme.

— Et j'ai vu des visages dans les flammes — des visages ricanants, grimaçants, assura-t-elle avec fermeté.

D'autres larmes roulèrent sur ses joues. Elle les essuya d'un revers de main.

— Ça suffit ! s'emporta l'homme en abattant son poing sur la table. Je vous ai donné l'occasion de dire la vérité à plusieurs reprises. Les événements que vous décrivez n'ont pas pu se produire.

Il prit une plume, la plongea dans l'encrier, et apposa sa signature au bas d'un papier. La flamme de la bougie chavira. Des ombres dansèrent sur le visage de l'homme.

Il leva les yeux et les plongea dans les siens.

— Je suis désolé, Nora, mais je n'ai pas le choix. Je dois vous déclarer folle et ordonner votre internement à l'asile.

Nora ouvrit la bouche... et laissa échapper un cri déchirant.

## PREMIÈRE PARTIE

### 1

### Le village de Shadyside
### 1901

Nora détestait la nuit.

Le jour, elle entendait parfois quelques cris provenant du couloir, un bruit de chute dans la chambre au-dessus de la sienne, ou un choc dans celle d'à côté.

Mais la nuit, les gémissements et les hurlements qui se répercutaient entre les murs de l'asile devenaient insoutenables.

Que voyaient les fous dans leurs cauchemars ? Était-ce plus horrible que ce qu'elle voyait par sa fenêtre ?

Nora regarda entre les barreaux d'acier. Comme elle le faisait chaque nuit depuis dix longs mois. Dix longs mois d'enfermement.

Au-delà des barreaux se profilaient les ruines de la demeure des Fear éclairées par la pleine lune. Quel cauchemar pourrait être plus terrifiant que cette vision ?

La construction de la route traversant la propriété se poursuivait. Une route qu'ils baptiseraient Fear Street.

Nora avait tenté de dire aux médecins et aux

infirmières que cette route était une mauvaise idée. Ils ne l'écoutaient pas.

Pourquoi le feraient-ils ? Ils la croyaient folle.

Mais elle savait que le malheur qui poursuivait les Fear s'était d'une certaine manière infiltré dans leur terre. L'avait polluée.

Elle se détourna de la fenêtre. L'obscurité descendait toujours trop vite, plongeant dans l'ombre le lit, la table et la chaise.

Et le berceau.

Nora se pencha pour prendre son fils dans ses bras. Nicholas la regarda de ses yeux bruns, confiants... les mêmes yeux que son père. Les yeux de Daniel Fear.

Elle retourna à la fenêtre et s'assit à même le sol. Le vent sifflait à travers la vitre fendue. Nora tendit le visage et inspira profondément. L'air frais de la nuit lui rappelait le monde extérieur. Le monde qu'elle voulait que Nicholas connaisse.

Mais son fils était né ici. Il n'avait jamais passé les barreaux et les portes verrouillées de l'asile.

Nora préférait dormir appuyée contre le mur près de la fenêtre, son fils dans ses bras. Son matelas empestait. Une odeur de sang séché, de sueur et de mort. Elle ne l'utilisait jamais.

Quelqu'un hurla... un horrible cri strident. Son fils poussa une petite plainte. Baissant les yeux sur son visage innocent, Nora caressa doucement ses cheveux bruns.

— C'est seulement le vent, murmura-t-elle. Je prendrai soin de toi. Ne t'inquiète pas. Je prendrai toujours soin de toi.

Nora sentit la chaleur du soleil sur ses paupières. Lentement, elle ouvrit les yeux.

Un autre jour commençait.

Une clé cliqueta dans la serrure. Nicholas gémit, et Nora le serra contre elle.

La porte s'ouvrit à la volée. Une grosse femme se tenait sur le seuil. Martha, l'infirmière de Nora. La masse de son corps occultait la lumière provenant du couloir.

— C'est l'heure de ton bain, Nora.

Martha s'écarta pour laisser entrer une jeune fille dans la cellule.

— Nancy surveillera le bébé.

Nancy portait la même robe de toile grossière que Nora. Elle aussi était internée. Elle battit frénétiquement des mains, un sourire figé sur son visage inexpressif.

— Bébé. Je surveille bébé.

Nora serra Nicholas plus fort.

— Une infirmière pourrait-elle rester avec lui ?

— Nancy a douze ans. Elle est en âge de garder un bébé, jeta Martha.

— Douze ans, répéta Nancy en tendant les bras.

— Il dort, mentit Nora en posant Nicholas dans son berceau.

— Dort, dit Nancy, l'air déçu, mais sans perdre son sourire.

— Tu ne dois *pas* le porter pendant qu'il dort, déclara Nora.

— Ne dois *pas* le porter, répéta Nancy en regardant dans le berceau.

— Garde-le et protège-le, ajouta doucement Nora.

— Le garder et le protéger, répéta Nancy avant de commencer à chanter une berceuse.

A contrecœur, Nora suivit Martha hors de la pièce. Cette dernière claqua la porte et la verrouilla. Elle empoigna le bras de Nora d'une main robuste et la poussa vers l'escalier.

Au premier étage, Nora vit un homme en train de se cogner la tête contre le mur.

— Ça fait mal, dit-il.

Et il se cogna de nouveau la tête.

— Ça fait mal.

Une femme assise dans un coin se labourait le visage avec ses ongles. Ses mains étaient couvertes de sang.

Martha se dirigea au pas de charge vers la femme, entraînant Nora avec elle. Elle saisit le poignet de la démente.

— Arrête ! Arrête, Charlotte !

— Il faut que je les enlève, gémit la femme.

— Garçon de salle ! appela Martha. Attachez cette femme à son lit !

— Je dois enlever les araignées. Elles me mordent. Elles me mordent le visage.

Un jeune homme arriva en courant et souleva Charlotte comme s'il s'agissait d'une enfant. Il l'emporta dans le couloir.

— Il faut que je les enlève, ne cessait-elle de hurler.

Martha resserra sa prise sur le poignet de Nora et s'engagea dans l'escalier menant à la cave, tirant la jeune femme à sa suite sans ménagements.

Elle ouvrit une porte et la poussa dans une pièce sombre et humide. Nora pressa son dos contre le mur. Elle détestait venir ici.

Martha ouvrit une autre porte.

— Entre.

A l'intérieur, la lumière était très faible, et une odeur de moisissure et de crasse mêlées emplissait l'atmosphère. Une femme décharnée sortit de la baignoire en fonte. Elle claquait des dents.

Nora savait que l'eau était froide. Elle l'était toujours. Et la pièce ne disposait d'aucun chauffage.

Une aide-soignante enveloppa la femme dans une couverture et la guida hors de la pièce.

— Dépêche-toi, ordonna Martha à Nora. Tu ne voudrais pas que Nancy joue trop longtemps avec ton fils.

Grelottant de froid après son bain, Nora suivit Martha qui la ramenait à sa chambre. Elle avait beau s'être séchée, elle avait l'impression d'être encore mouillée.

Dès que Martha eut ouvert la porte, Nora se précipita vers le berceau. Nancy berçait toujours son bébé.

— Adieu, murmura-t-elle. Nancy dit adieu à bébé.

Nora examina son fils. Ses yeux étaient clos. Il dormait paisiblement.

— Viens, Nancy, ordonna Martha depuis la porte.

— Viens, répéta Nancy d'une voix chantante en trottinant vers la porte.

Puis elle pivota pour regarder le berceau.

— Nancy dit adieu. Bébé aller dans une nouvelle maison maintenant. Bébé aller dans une nouvelle maison.

— Quoi ? demanda Nora d'une voix étranglée. Qu'est-ce que tu as dit, Nancy ?

— Nancy dit adieu à bébé, répondit-elle en hochant la tête.

Nora leva lentement les yeux vers Martha.

— Non, souffla-t-elle.

— Si, répondit fermement Martha. Nancy a raison. Le bébé ne peut pas être élevé dans un asile. Il est presque en âge de te quitter. Ils le prendront bientôt.

# 2

— Quand ? hurla Nora. Quand viendront-ils chercher Nicholas ?

Il fallait qu'elle sache. Elle devait être prête à contrer leurs plans. Jamais personne ne la séparerait de son fils.

— Calme-toi, ordonna Martha. Ils viendront quand ils viendront. Hurler n'y changera rien.

Nora saisit le bras de Martha.

— Que lui feront-ils ? Où l'emmèneront-ils ? S'il vous plaît, dites-le-moi. Vous devez me le dire.

Martha se dégagea brutalement.

— Ça suffit, gronda-t-elle. Ne m'oblige pas à t'attacher. Où qu'ils l'emmènent, il sera mieux qu'ici, conclut-elle en s'en allant.

Dès que Martha eut refermé la porte derrière elle, Nora alla soulever son matelas et en sortit la corde. Elle la testa entre ses doigts. Pas encore suffisamment épaisse. Et pourtant, elle y travaillait depuis des mois.

Nora défit sa longue tresse pour libérer sa chevelure. Elle sépara plusieurs mèches et les arracha d'un coup sec, ignorant la douleur. Puis elle entreprit d'entrelacer les mèches à sa corde de fortune. Une corde faite de cheveux, de lambeaux de couverture, de morceaux de vêtements, et de tout ce qu'elle avait pu trouver.

Nora essaya de s'y prendre moins brutalement en arrachant d'autres mèches, mais ses mains tremblaient. Elle avait peur. Peur qu'ils viennent trop tôt. Peur qu'ils emmènent Nicholas avant qu'elle ne soit prête.

Quand la corde serait terminée, elle prévoyait de presser un pied de chaise contre le coin de la fenêtre jusqu'à ce que la vitre cède. Puis elle envelopperait Nicholas dans une couverture, enroulerait la corde autour de lui, et le descendrait lentement au sol.

Ensuite, elle grimperait jusqu'au toit par le conduit de la cheminée. De là elle trouverait le moyen de rejoindre Nicholas.

Tout en renforçant la corde, Nora répétait inlassablement dans sa tête les étapes de son évasion. Le plan devait marcher. Il le fallait.

Le vent hurlait dehors. Mais Nora crut entendre autre chose. Elle interrompit sa tâche et tendit l'oreille.

Quelqu'un appelait au secours ! Nora se précipita à la fenêtre. Elle vit l'un des médecins dévaler les marches du perron. Un garçon roux venait vers lui en courant.

— Il y a eu un accident ! hurla-t-il. Très grave. Sur cette route qu'ils construisent près de la demeure des Fear. Trois hommes écrasés !

Si seulement ils l'avaient écoutée. Nora savait que les forces obscures de la famille Fear réclameraient d'autres vies. Elle savait que la route attirerait le malheur sur la ville.

Nicholas poussa un petit gémissement. Nora le prit dans ses bras et le berça doucement. L'héritage diabolique des Fear ne toucherait jamais son fils, se promit-elle. Jamais.

Le bébé se rendormit, et Nora le recoucha dans son berceau. Puis elle saisit une autre mèche de cheveux et tira dessus en serrant très fort les dents.

Elle devait emmener Nicholas loin de cet horrible endroit. Loin de l'asile. Loin de la ville. Loin de tout ce qui avait été corrompu par les Fear.

Nora ajouta la nouvelle mèche de cheveux à la

corde. Elle en saisit une autre et l'arracha. Une goutte de sang perla et descendit le long de sa joue. Cela lui était égal. Seul Nicholas comptait.

— Ne t'inquiète pas, Nicholas, murmura-t-elle. Je te protégerai. Je ne les laisserai pas t'emmener.

La porte s'ouvrit soudain avec fracas.

Nora se figea.

— Que faites-vous, Nora ? demanda une voix grave.

## 3

Nora tourna un regard horrifié vers la porte. Son médecin se tenait sur le seuil.

Il s'avança vers elle.

— Qu'est-ce que c'est ? demanda-t-il en lui prenant des mains la longue corde.

Nora s'efforça de maîtriser sa panique.

— Depuis que vous m'avez enlevé mon plumier et mon papier à lettres, je n'ai plus rien à faire. Je m'occupe en tressant.

Le médecin enroula la corde autour de sa main.

— Très astucieux, Nora. Espériez-vous vous échapper avec cette malheureuse corde ?

— Non ! se défendit-elle. Mais ma place n'est pas ici.

— C'est à moi d'en décider, répliqua-t-il en sortant un mouchoir pour essuyer le sang sur le visage de Nora.

Il se dirigea vers la porte.

— Faites venir Martha, ordonna-t-il à quelqu'un dans le couloir. Qu'elle apporte des ciseaux.

— Non, gémit Nora, les yeux remplis de larmes. S'il vous plaît, non...

Nicholas se mit à pleurer. Nora le prit dans ses bras et le pressa contre elle.

Quelques instants plus tard, Martha faisait son apparition.

— Nora s'arrache les cheveux pour fabriquer une corde, l'informa le médecin. Coupez-les.

— Entendu, docteur, répondit Martha avec un grand sourire. Viens par ici, Nora, chantonna-t-elle en brandissant une paire d'énormes ciseaux et en les faisant cliqueter plusieurs fois. C'est pour ton bien. Nous ne voulons pas que tu te blesses.

— Je ne recommencerai pas, promit Nora en reculant.

Martha glissa les ciseaux dans la poche de son uniforme et tendit les bras.

— Donne-moi ton fils. Je vais le coucher.

Je pourrais courir, pensa Nora. Je pourrais m'échapper avant qu'ils aient le temps de comprendre ce qui se passe. Sortir de cette pièce, descendre l'escalier, et quitter l'asile avant qu'on puisse m'attraper.

Et s'ils m'attrapent? Nicholas pourrait être blessé. Martha pourrait lui donner accidentellement un coup de ciseaux. Ou je pourrais le lâcher.

Il est innocent. Je dois le protéger. Le temps de se battre n'est pas encore arrivé. Mais il viendra.

Se résignant à sa défaite provisoire, Nora plaça avec précaution son fils dans les bras de Martha. Elle la regarda le coucher dans son berceau.

— Maintenant, à mes pieds, que je voie ce que je fais, jeta Martha.

Nora s'assit par terre, les bras serrés autour de ses genoux. Martha empoigna une partie de sa chevelure et la souleva. Nora se mordit la lèvre pour réprimer un cri de douleur.

Les ciseaux claquèrent. Une longue mèche brune tomba entre ses bras. Daniel aimait tant mes cheveux, pensa-t-elle, au comble du désespoir.

Elle garda les yeux rivés sur le feu jusqu'à la fin, sans donner à Martha la satisfaction de l'entendre se plaindre.

Comment s'échapperait-elle maintenant ? Sans corde, elle ne pouvait rien faire. Et bientôt, ils viendraient chercher son fils.

Nora leva les yeux vers le médecin. Il soutint son regard froidement, sans manifester la moindre compassion. Elle savait que les pleurs et les supplications n'auraient aucune prise sur lui. Il ne l'aiderait pas à garder Nicholas.

Le métal glacé toucha son crâne une dernière fois. Nora frissonna. Elle ne pouvait se résoudre à lever la main pour vérifier s'il lui restait encore des cheveux.

Martha rassembla les mèches coupées et les jeta au feu. Les flammes sifflèrent et crépitèrent. De la fumée envahit la pièce en même temps que l'odeur des cheveux brûlés.

— J'espère que tu as compris la leçon, dit Martha. Tu n'as aucun pouvoir ici. Si tu nous causes encore un seul problème, tu le regretteras.

Nora retint ses larmes jusqu'au départ de Martha et du médecin. Puis elle baissa la tête et laissa échapper un cri de désespoir. Contre sa volonté, ses doigts effleurèrent en tremblant ce qui restait de sa chevelure. Comment pourrait-on me regarder sans me prendre pour une folle maintenant ? se demanda-t-elle en enfouissant son visage entre ses mains. Quand ce cauchemar prendrait-il fin ?

Des voix dans le couloir réveillèrent Nora. Elle se leva, traversa la pièce à pas de loup, et posa l'oreille contre la porte en chêne.

— Elle s'est sûrement endormie à force de pleurer, murmura une voix rauque.

C'était le médecin.

— Que ferons-nous quand elle parlera aux autres ? demanda une deuxième voix.

— Qui la croira ? Nous expliquerons simplement qu'elle a tué le bébé et que nous l'avons enterré. Qui croiront-ils ? Une folle ? Ou un respectable médecin ?

Nora recula, épouvantée. Elle regarda frénétiquement autour d'elle. Elle n'avait rien pour protéger Nicholas. Elle courut vers le berceau et prit son fils dans ses bras.

— Nous n'allons pas tarder à partir en voyage, Nicholas. Je ne sais pas comment nous nous y prendrons, mais nous trouverons un moyen de nous échapper.

Il gazouilla et lui sourit. Des larmes montèrent aux yeux de Nora. Il lui faisait confiance. Elle ne pouvait pas le décevoir.

Elle alla se poster à la fenêtre, tenant fermement son bébé contre elle. De la sueur coula sur son front. Elle l'essuya avec impatience. Le bruit de la clé dans la serrure se répercuta dans la misérable chambre.

— Ils arrivent, chuchota-t-elle. Ils arrivent.

Nicholas répondit par un petit cri. Elle resserra encore son étreinte.

— Je dois les convaincre que notre place n'est pas ici, dit-elle doucement.

Elle regarda son fils.

— C'est mal de mentir, Nicholas, mais je suis désespérée. Je ferai n'importe quoi pour te sauver.

Baissant la tête, elle déposa un baiser sur la joue veloutée.

— Quand tu seras grand, dis toujours la vérité.

La clé tourna.

Le silence emplit la pièce.

Les secondes s'égrenèrent comme de longues minutes.

La poignée bougea.

Les gonds grincèrent.

La porte s'ouvrit lentement.

Le médecin et deux aides-soignants se tenaient dans l'ombre du couloir.

La fuite était impossible.

Nora s'avança au centre de la pièce. Elle redressa la tête et croisa le regard inquisiteur du médecin.

— J'ai menti quand vous m'avez interrogée. Vous aviez raison. Il n'y avait pas de fantômes cette nuit-là. Pas de visages hurlant dans les flammes. Les seuls cris que j'aie entendus étaient les miens. Je connais la vérité. Les Fear ne possèdent aucun pouvoir maléfique. Il n'y a pas de malédiction sur leur famille. Construire une route sur leur propriété ne posera aucun problème. Personne n'est en danger à Shadyside.

— Je suis fier de vous, Nora, la félicita le médecin. Je sais que c'était difficile pour vous de revenir sur vos déclarations.

Nora laissa échapper un long soupir. Nicholas et elle allaient-ils enfin pouvoir commencer une nouvelle vie ?

Elle regardait le médecin, le cœur battant dans l'attente de sa décision.

— Je savais qu'un jour vous me diriez la vérité sur cette nuit dans la demeure des Fear.

Ses yeux se durcirent.
— Mais c'est trop tard, Nora.
— Non ! hurla Nora, folle de rage. Vous aviez promis de me libérer quand j'admettrais la vérité. Un incendie a détruit la demeure des Fear. Un terrible incendie. J'ai imaginé tout le reste.
— De toute évidence, vous croyez toujours que la famille Fear est maudite, déclara sèchement le médecin. Vous avez encore besoin de notre aide. J'ai organisé le placement de Nicholas dans une famille respectable en attendant que vous soyez prête à sortir.

## 4

— Je vous en prie, gémit Nora. Ne m'enlevez pas mon bébé. Il est tout ce que j'ai.
— Quand vous irez bien, nous vous le rendrons, lui promit le médecin.
Nora recula contre le mur.
— Je me moque de vos promesses, lâcha-t-elle. Je ne vous laisserai pas prendre mon fils.
— Vous ne pouvez pas m'en empêcher. Vous êtes la patiente. Je suis le médecin. Et la famille en question a consenti à me verser une somme importante pour un enfant mâle. Je ne veux pas les décevoir.
Il fit signe aux aides-soignants. Ils s'avancèrent vers Nora. Elle se hâta de poser Nicholas dans son berceau. Ainsi, elle aurait les mains libres pour mieux le défendre.
Elle se retourna, fixant les deux hommes qui s'approchaient d'elle. Comme la folle qu'ils préten-

daient qu'elle était, elle poussa un hurlement sauvage venant du plus profond de ses entrailles. Les doigts recourbés telles les serres d'un oiseau de proie, elle se rua sur l'homme le plus proche et lui lacéra le cou de ses ongles. Il poussa un cri tandis que le sang jaillissait de ses plaies. Nora chercha à atteindre ses yeux.

Le deuxième homme l'attrapa à bras-le-corps et l'écarta de son compagnon. Elle planta violemment ses dents dans son avant-bras. Renversant la tête en arrière, elle recracha un morceau de chair. Le hurlement de douleur de sa victime couvrit les ordres frénétiques du médecin.

Le premier homme plaqua Nora au sol.

— Tu prends un bras, moi l'autre, grogna-t-il.

Leurs poignes se refermèrent sur ses bras comme des étaux d'acier. Nora se débattait et lançait des coups de pied. En vain. Les deux hommes étaient trop forts pour elle. Elle entendit un rire. Le rire du médecin. Se répercutant sur les murs. L'encerclant. L'étouffant.

Il vint se planter devant elle.

— Ma chère Nora, continuez de résister, et ils vous briseront le cou avec plaisir. Qui se soucierait de votre mort ?

Il se dirigea vers le berceau.

— Ah, ce précieux enfant a fait de moi un homme riche !

Il se pencha et tendit les bras vers Nicholas.

— Non ! hurla Nora avec désespoir tout en continuant de se débattre. Éloignez-vous de mon fils !

Elle sentit l'amulette des Fear, brûlante contre sa peau.

Le sol se mit à trembler.

Le médecin pivota, les yeux écarquillés d'effroi.

Le feu dans la cheminée se mit à crépiter. Les flammes grandissaient à vue d'œil. Elles débordèrent du foyer. Elles grimpèrent au mur, allèrent lécher le plafond avec avidité. Elles prirent une telle ampleur que Nora ne vit bientôt plus qu'un mur de feu.

Et soudain, un homme émergea des flammes rugissantes.

— Daniel, souffla Nora.

Son mari était revenu du royaume des morts.

Il la fixait, le regard sévère, accusateur.

— Je suis désolée, articula Nora d'une voix tremblante. Je suis désolée, Daniel. J'ai essayé de protéger ton enfant — mais je n'ai pas pu. Pardonne-moi.

— Venez me rejoindre, docteur, dit Daniel d'une voix âpre.

Il tendit un bras et tira l'homme vers le brasier.

Celui-ci poussa un hurlement et tomba à genoux. Les flammes se mirent aussitôt à dévorer sa chair en grésillant affreusement.

Nora détourna le regard de cette scène atroce.

Pétrifiés d'horreur, les aides-soignants la lâchèrent. Elle recula vers le berceau. Nicholas devait être terrifié.

Les hurlements déchirants du médecin se mêlaient aux grondements des flammes. Nora se força à regarder. L'homme se tordait de douleur, la chair à vif.

Nora se sentit au bord de l'évanouissement. Ressaisis-toi, s'ordonna-t-elle. Il faut sauver Nicholas.

Quand le feu eut terminé son œuvre, qu'il ne resta du médecin rien d'autre que son squelette, Daniel le lâcha. Avec un grondement sauvage, il s'empara d'un des aides-soignants — au moment même où ce dernier atteignait la porte.

Le deuxième homme se précipita vers la fenêtre. Daniel projeta des flammes sur lui. Elles l'enveloppèrent comme une couverture incandescente.

Le feu continuait de faire rage, investissant le moindre recoin.

— Nora ! cria Daniel.

Elle tourna la tête vers la cheminée.

Des profondeurs du redoutable brasier, Daniel cherchait à l'atteindre.

## 5

Nora sentit la chaleur des flammes qui jaillissaient des mains de Daniel.

— Non, Daniel ! s'écria-t-elle. Tu ne me reconnais donc pas ? Je suis Nora. Ta femme. Je sais que tu ne me veux pas de mal.

La peau du visage de Daniel partait en lambeaux. Ses mains incandescentes la touchaient presque.

Nora ne pouvait pas bouger. Elle devait rester près du berceau. Protéger Nicholas.

Elle se força à affronter le regard blanc de Daniel.

— Daniel, il faut que tu comprennes ! Je suis Nora. Notre fils a besoin de moi.

— Sauve-toi, Nora, souffla-t-il de sa voix grinçante.

Nora s'empressa de prendre Nicholas dans ses bras et se précipita vers la porte. Elle hésita une seconde, se retourna pour regarder une dernière fois son mari. Autour de lui les flammes commençaient à se retirer, réintégrant le foyer.

— C'est ton fils, lui dit-elle d'une voix brisée par

l'émotion. Quand il aura grandi, il te ressemblera trait pour trait.

— Sauve-toi ! répéta-t-il, le visage tordu de douleur.

— Je t'aime, cria Nora.

Daniel poussa une plainte lugubre et tomba à genoux.

Nora se rua hors de la pièce, talonnée par les flammes. L'incendie faisait rage autour d'elle. Les murs du couloir ressemblaient à des rideaux de feu.

Les alienés cognaient frénétiquement à leurs portes verrouillées. Mais leurs appels au secours restaient sans réponse tandis qu'une épaisse fumée envahissait l'atmosphère.

Tenant Nicholas contre elle, Nora dévala l'escalier. Les chambres de l'étage inférieur n'étaient pas fermées. Les patients affolés couraient en tous sens.

Nora aperçut une femme assise par terre qui se balançait d'avant en arrière.

— Le feu ! hurla-t-elle. Courez ! Le bâtiment est en feu ! Sauvez-vous !

La femme continua de se balancer.

Nora se remit à courir. Rien ne semblait pouvoir l'arrêter. Elle dévala une autre volée de marches, bousculant les gens sur son passage. Les médecins et les infirmières hurlaient des ordres. Ils ne remarquèrent pas Nora.

Un homme saisit le bord de sa robe. Le tissu céda alors qu'elle se dérobait brutalement pour continuer sa course folle.

Ses yeux la piquaient. L'air chaud irritait ses poumons à la moindre inspiration.

Nous devons nous échapper, se répétait-elle, tel un leitmotiv. Nous nous échapperons. Nous y arriverons.

Elle poussa une porte. Et soudain, elle fut dehors, dans la nuit.

Les sirènes hurlaient, les cloches sonnaient. Derrière elle, le feu grondait. Le bâtiment commençait à se lézarder.

Elle se rua à l'abri d'un groupe de buissons, s'accroupit et regarda l'asile en proie aux flammes.

*Je suis libre.*

Que faire maintenant ? Se cacher. Il lui fallait un endroit sûr. Ensuite, elle trouverait un plan pour quitter Shadyside discrètement.

Elle caressa la joue soyeuse de son fils.

— Nous devons aller là où personne ne nous connaît, Nicholas. Nous devons trouver une ville où nul n'a jamais entendu parler de la famille Fear. Nous devons partir loin, très loin d'ici.

Elle regarda une dernière fois l'asile. La fenêtre à barreaux de sa chambre. Vue de l'extérieur, elle ne paraissait pas si effrayante.

La vitre explosa. Pareilles à de longs bras, les flammes s'étirèrent jusqu'aux arbres voisins.

— Nous devons partir, Nicholas. Tout de suite.

Elle se redressa. Son enfant serré dans ses bras, elle s'éloigna vers l'inconnu.

## 6

Frissonnant de froid, Nora se lova autour de Nicholas. La chaleur de son petit corps la réconfortait. Ils avaient trouvé refuge dans la cale d'un bateau. Un endroit humide et froid.

Les doigts de Nora étaient aussi raides et gelés

que des glaçons. Elle craignait de réveiller Nicholas si elle le touchait avec ses mains froides.

Elle savait qu'il avait faim. Comme elle. Dans sa fuite, elle n'avait pensé ni aux provisions ni à ce qui les attendait dehors, son bébé et elle. Elle n'avait pensé qu'à s'échapper.

Elle avait marché toute la nuit, évitant les routes principales. Elle avait finalement atteint le port d'une ville voisine. À la faveur du brouillard matinal, elle s'était glissée dans ce bateau. Sans connaître sa destination. Cela lui était égal. Il les emmènerait loin d'ici. C'était l'essentiel.

Le bateau s'ébranla. Ils quittaient le port !

Nora baissa les yeux sur son fils. Nicholas dormait paisiblement dans une caisse en bois garnie de vieux sacs à farine. Les paupières de Nora devenaient de plus en plus lourdes. Elle savait qu'elle ne devait pas dormir. À aucun prix. Sinon ils viendraient. Ils se déplaçaient vite. Même dans l'obscurité, elle sentait leurs minuscules yeux qui les observaient.

Un frisson la secoua. *Si je ferme les yeux un seul instant, ils attaqueront.*

La coque du bateau commença à grincer au rythme des flots. Concentre-toi sur les bruits, s'ordonna Nora. Reste éveillée par n'importe quel moyen.

Elle écouta les pas des marins s'activant sur le pont.

Le vent sifflant sur la mer.

Le grattement de petites pattes.

*Ils se rapprochent.*

Nora scruta l'obscurité qui l'entourait. Elle ne distinguait rien.

Elle était épuisée. Son corps était douloureux.

Le grattement des petites griffes aiguisées devint plus perceptible.

Ils se rapprochaient.

Mais Nora était fatiguée. Trop fatiguée pour avoir peur.

Une longue queue froide, dépourvue de poils, frôla sa joue.

Les rats l'avaient trouvée.

Nora retint un cri. Elle se força à ne pas bouger tandis qu'ils s'agglutinaient autour d'elle.

*Je dois tenir bon. Pour Nicholas. Je dois rester forte. Il faut que je tienne...*

Brusquement, la porte de la cale s'ouvrit. Les rats se dispersèrent aussitôt.

Nora prit Nicholas dans ses bras et alla s'accroupir derrière une pile de caisses en bois.

Des pas ébranlèrent le sol. Nora vit la lumière d'une lanterne rebondir sur le plafond et les murs. Elle se rapprochait. Les pas aussi.

Nora retint sa respiration.

Puis la lumière s'éloigna.

Le silence retomba dans la cale.

Où était l'homme ?

Elle était aux aguets, essayant de localiser l'intrus. Mais elle n'entendait rien. Pas même les rats.

Avec une infinie précaution, elle avança la tête et scruta les alentours.

D'énormes mains s'abattirent sur elle et la tirèrent hors de sa cachette.

— Je savais bien que j'avais entendu autre chose que des rats par ici, gronda l'homme.

Nora se débattit de toutes ses forces.

— Tu sais ce qu'on fait des passagers clandestins ? demanda-t-il.

Elle secoua négativement la tête.
— On les jette aux requins !
L'homme l'étudia de plus près entre ses paupières plissées. Les pensées de Nora s'emballèrent. Elle devait l'empêcher de toucher à Nicholas.
— Donne-moi ce collier que tu portes et je ne dirai à personne que tu es ici, lui proposa-t-il.
— Mais c'était un cadeau de...
— Je le veux, l'interrompit-il. Et, d'une façon ou d'une autre, je l'aurai. Soit tu me le donnes, soit je le prends.
Il saisit la chaîne en argent.
— Non ! cria Nora.
L'amulette devint chaude contre sa peau.
— Je le veux ! répéta l'homme en tordant la chaîne autour du cou de Nora.
Elle commença à suffoquer, cherchant désespérément à insérer ses doigts entre la chaîne et son cou. De l'air. Elle avait besoin d'air.
L'obscurité s'épaissit. Ses mains retombèrent mollement de chaque côté de son corps.
De très loin, Nora entendit l'homme pousser un cri déchirant. La pression sur son cou se relâcha.
L'air humide et salé emplit de nouveau ses poumons. Elle ouvrit les yeux et regarda son agresseur. Si elle en avait eu la force, elle aurait hurlé.
Les rats grouillaient sur l'homme. Ils étaient en train de le dévorer.
Cette scène d'horreur sembla durer une éternité. Nora, figée devant le berceau de fortune où dormait son fils, ne pensait qu'à une chose : que se passerait-il s'ils n'étaient pas rassasiés ?
Elle se campa solidement sur ses jambes, prête à l'affrontement. Ils devraient lui passer sur le corps avant de toucher à son bébé.

# 7

Des pas pesants firent grincer les marches.

La porte s'ouvrit à la volée et des marins entrèrent.

Nora recula lentement dans un angle de la cale.

Levant leurs lanternes, les hommes regardèrent avec une horreur muette le corps de leur compagnon sur lequel grouillaient des dizaines de rats.

L'un d'eux attrapa une caisse et la jeta sur les rongeurs. Quelques-uns détalèrent. Les autres continuèrent leur festin.

— On ne peut plus rien pour lui, murmura l'un des marins.

Nicholas poussa un petit gémissement.

Je t'en prie, ne pleure pas maintenant, supplia intérieurement Nora. Pas avant qu'ils ne soient partis...

Elle commença à se balancer d'un pied sur l'autre pour le bercer. Habituellement, cela suffisait à arrêter ses pleurs.

Par inadvertance, l'un de ses pieds se posa sur un morceau de bois.

Il se brisa avec un craquement sec.

— Regardez ! s'écria un homme en pointant un doigt vers Nora.

Un frisson la parcourut alors que tous les marins se tournaient vers elle et la dévisageaient avec méfiance.

— Les rats l'ont épargnée, souffla un homme à la voix rauque.

— Elle doit posséder des pouvoirs maléfiques, lança un autre.

Ses compagnons acquiescèrent.

— Non ! se défendit Nora. Croyez-moi, je n'ai aucun pouvoir.

L'un d'eux s'avança vers elle. Il avait des cheveux couleur de paille et des taches de rousseur.

— Je suis Tim, annonça-t-il en gonflant le torse. Le second.

Il baissa les yeux sur le cadavre ensanglanté.

— Ce n'est pas un endroit sûr pour une femme et un bébé. Suivez-moi.

Des murmures de protestation s'élevèrent. Tim se fraya un passage parmi les hommes. Nora prit soin de rester tout près derrière lui. Ils gravirent les marches. Les autres leur emboîtèrent le pas. Nora remarqua qu'aucun d'eux n'osait s'approcher d'elle.

*Ils ont peur de moi.*

— Par ici, lui indiqua Tim.

Quand il eut atteint l'extrémité du corridor, il ouvrit la dernière porte.

— Entrez, madame.

Nora pénétra dans la petite pièce. Des lits étaient superposés le long de deux murs. De grandes malles en bois s'alignaient contre un autre mur. Au-dessus, des cirés jaunes étaient accrochés à des patères.

Tim ouvrit une malle. Il sortit les vêtements qu'elle contenait et les jeta dans un coin. Puis il enleva une couverture d'un des lits et la mit dans la malle.

— Vous pouvez installer le bébé ici, dit-il d'un ton rude.

Nora suivit son conseil, enveloppant le bébé dans la couverture. Éperdue de reconnaissance, elle regarda Tim. Mais ses yeux étaient durs et froids.

— Vous ne quitterez pas cette chambre, déclara-t-il. Il faut que je discute du problème de votre présence avec le capitaine.

— Ne devrais-je pas lui parler moi-même ? demanda Nora.

Tim secoua la tête.

— Une femme sur un cargo porte malheur. Il n'aimera pas ça. Pas du tout.

Il sortit et ferma à double tour.

Nora s'effondra à côté de la malle. Elle était de nouveau prisonnière. Elle caressa tendrement le dos de Nicholas. Au moins il n'y avait pas de rats. Et ils avaient de la lumière.

Si seulement ils pouvaient leur apporter à manger maintenant...

À cet instant, une forte secousse ébranla le bateau. Les vagues déferlèrent contre la coque.

Nora saisit le bord de la malle et le tint fermement. Elle se mit à chantonner une berceuse tandis que le bateau continuait de tanguer.

— C'est un orage, Nicholas. C'est tout. Les marins sont habitués aux orages en mer. Ils savent quoi faire.

Elle entendit un homme lancer des ordres. Il avait l'air affolé. Des bruits de pas précipités allaient et venaient au-dessus d'elle.

Le bateau tangua plus violemment.

— La mer était calme — et voilà ! s'exclama un homme. Ça n'est pas naturel.

— C'est cette femme ! cria un autre. Elle a des pouvoirs maléfiques !

Le bateau plongea. Nora fut projetée contre la porte. La malle vint la heurter. Nicholas se mit à pleurer. Elle essaya de le rassurer. Mais sa voix tremblait tandis qu'elle lui murmurait des mots d'apaisement.

Des pas résonnèrent dans le corridor.

— C'est elle, la responsable ! renchérit un homme de l'autre côté de la porte.

— Ouais ! hurla un autre. Elle a ordonné aux rats d'attaquer Frank. Elle nous tuera tous si on la laisse faire.

— Je n'ai pas tué votre ami, plaida Nora à travers la porte. Je vous en prie, croyez-moi !

— Pourquoi on la croirait ? grogna l'un d'eux.

Nora tira la malle aussi loin que possible de la porte.

— Je te protégerai, promit-elle à son fils. Ne t'inquiète pas.

— Jetons-la par-dessus bord ! cria quelqu'un.

Nora retourna à la porte et attendit que les hommes entrent.

La clé tourna dans la serrure. La porte s'ouvrit brutalement.

Un homme entra au pas de charge et la saisit par la taille. Nora se débattit furieusement.

L'homme poussa un juron et la balança sur son épaule comme un vulgaire sac.

— Laissez-moi ! hurla Nora. Je dois rester avec mon bébé !

L'homme l'emporta hors de la pièce et gravit un escalier. Il ouvrit une porte donnant sur le pont. Le vent la malmena un instant avant de l'arracher de ses gonds. Nora continuait à se débattre tandis que l'homme l'emmenait vers le bastingage.

— À la mer ! À la mer ! scandaient les autres.

L'homme posa brutalement Nora sur le pont. Elle chancela, étourdie.

— Arrête l'orage ! commanda l'homme.

Trempée jusqu'aux os, Nora vacillait dans le vent. Il lui saisit le bras, ses doigts s'enfoncèrent dans sa tendre chair.

— Arrête l'orage !

Nora secoua la tête.

— Je ne peux pas. Laissez-moi retourner auprès de mon enfant. Je vous en prie !

Les marins poussèrent des cris de fureur. Ils se précipitèrent sur elle et la soulevèrent.

— Arrêtez ! supplia-t-elle. Je n'ai aucun pouvoir ! Je ne peux rien contre l'orage !

— Jetez-la par-dessus bord ! hurla quelqu'un.

Les hommes la hissèrent plus haut.

Elle se retrouva suspendue au-dessus des eaux en furie.

## 8

Le bateau fit une embardée.

Les hommes furent projetés en arrière et lâchèrent Nora.

Elle atterrit durement sur le pont.

Une puissante vague passa par-dessus le bastingage. Nora entendit les hommes hurler et vit la vague les emporter. Elle se redressa, parvint à se mettre à genoux au prix de maints efforts.

Elle devait rejoindre Nicholas. Ce bateau ne pouvait pas affronter un tel orage. Il allait couler.

L'amulette des Fear devint chaude contre sa poitrine. Elle referma ses doigts sur elle.

La proue du bateau se dressa vers le ciel. Nora agrippa un gréement et l'enroula autour de ses mains.

Les marins glissaient sur le pont, essayant en vain

de s'y accrocher. Ils hurlaient de terreur en tombant à la mer.

La proue retomba dans l'eau avec fracas. Nora se libéra du cordage. Elle rampa jusqu'à l'escalier et le dégringola à toute allure.

Le vent hurlait. Des paquets d'eau dévalaient les marches. Nora réussit à se remettre debout et à garder son équilibre en prenant appui contre le mur.

L'amulette se mit à scintiller. Son étrange lumière bleue guidait Nora. En bas de l'escalier, l'eau glacée lui enserrait ses chevilles.

— Nicholas ! cria-t-elle. Je suis là !

Elle courut au bout du couloir et ouvrit la dernière porte. La malle n'avait pas bougé. Les petits poings de Nicholas s'agitaient en tous sens.

— Je suis là ! répéta-t-elle en se précipitant vers son fils.

Une main puissante s'abattit sur son épaule et l'arrêta dans son élan.

Nora pivota. Personne ne pourrait la tenir éloignée de Nicholas. Personne.

— Tu dois mourir ! gronda le marin.

— Non ! hurla-t-elle.

## 9

Elle agrippa sauvagement la chemise de l'homme.

Un sentiment de puissance la submergea. Elle était invincible. Elle se sentait de taille à affronter n'importe lequel des marins de ce bateau — s'il fallait en passer par là pour sauver son fils.

Elle souleva l'homme et le projeta de toutes ses forces contre le mur.

Une patère en bois lui transperça la poitrine.

Le sang gicla jusque sur le visage de Nora.

L'homme poussa un hurlement, puis sa tête retomba.

— Regardez ce qu'elle a fait à Samuel ! cria quelqu'un.

Nora se tourna dans la direction de la voix.

Trois hommes lui faisaient face.

— Elle est le mal en personne, déclara l'un d'eux. Le mal absolu.

— C'est vrai ! Je suis le mal ! hurla Nora. Reculez ! Reculez ou je vous tuerai aussi !

Elle toucha l'amulette. Sa chaleur se diffusait en elle à travers ses doigts.

Les hommes hésitèrent, partagés entre l'effroi et la fureur.

— J'ai le pouvoir. Je l'utiliserai. Fuyez pendant qu'il en est encore temps !

Chacun de ses mots était sincère. Elle n'hésiterait pas une seconde à les tuer pour sauver son fils.

Elle s'avança vers eux.

— Fuyez !

Les hommes se bousculèrent les uns les autres, pressés soudain de déguerpir.

Au même instant, un énorme craquement retentit au milieu du fracas de la mer démontée. De l'eau s'infiltrait par les murs de la cabine. Les flancs du bateau sont en train de céder, comprit Nora.

Elle se rua vers Nicholas. La malle, en bois, semblait solide, mais flotterait-elle ? Ou coulerait-elle au fond de l'Océan ?

Elle repéra une corde abandonnée dans un coin. Elle s'en empara et se l'attacha autour de la taille. Puis elle embrassa doucement son fils.

— Reste en vie.

Elle ferma la malle.

L'eau envahissait la cabine à toute allure.

Nora attacha fermement la corde autour de la malle. Une première fois. Un nœud. Un autre nœud. Encore un tour.

L'eau lui arrivait aux chevilles maintenant. Nora fit un dernier nœud.

— Tout ira bien, Nicholas, murmura-t-elle alors que le niveau de l'eau continuait de monter.

La coque du bateau craquait et gémissait sous la pression. Elle n'allait pas tarder à céder. Peu après, une poussée formidable fit voler en éclats l'une des parois de la cabine. En quelques secondes, l'eau envahit tout le bateau.

Nora se démena pour atteindre la brèche dans la coque. Elle devait sortir. Elle avait besoin d'air. Finalement, elle parvint à s'extirper du bateau, tirant la malle derrière elle. Puis elle nagea vers la surface avec l'énergie du désespoir.

La malle la tirait vers le bas. La corde lui broyait la taille comme un étau. Des points lumineux dansaient devant ses yeux.

Au bord de l'asphyxie, elle émergea enfin à l'air libre. Elle haletait. Le vent lui fouettait le visage impitoyablement. Il faisait danser la malle sur les flots — mais la corde tenait bon.

Nora cracha et toussa à s'en déchirer la gorge. Ses vêtements imbibés d'eau la gênaient pour nager. Elle tira sur la corde pour ramener la malle, et s'y agrippa comme à un radeau.

Tout autour, les hommes hurlaient en tombant à

la mer. Ils se débattaient pour maintenir la tête hors de l'eau.

Lentement, le bateau s'enfonça dans les flots déchaînés.

Puis le vent s'arrêta.

La mer se calma.

Les cris cessèrent.

Nora regarda autour d'elle. Aucun survivant.

L'eau était devenue aussi immobile qu'un miroir.

La malle flottait paisiblement. Rien d'autre ne bougeait.

Nora était épuisée. Chacun de ses muscles, chacun de ses os lui faisait mal.

Elle aurait voulu dormir. Mais elle ne le pouvait pas. Il fallait qu'elle atteigne un rivage, n'importe lequel, pour mettre son fils en sécurité.

Elle se laissa glisser dans l'eau froide et commença à nager, tirant la malle à sa suite.

Ses lèvres avaient un goût salé. Était-ce la mer... ou ses larmes ? Ses bras lui paraissaient de plus en plus lourds. Ils pesaient des tonnes. Elle continuait à faire les mouvements pour ne pas sombrer. Mécaniquement. Encore et encore. Des crampes lui broyaient les jambes. Le désespoir l'envahit. Où se trouvait donc la terre ?

Un grondement déchira le silence. Nora s'arrêta de nager et se retint à la malle. Elle scruta la mer.

Des nuages noirs s'amoncelaient au-dessus de sa tête. Des éclairs zébraient le ciel.

Des vagues venues des profondeurs de l'Océan agitèrent la surface de l'eau.

L'orage était de retour.

Elle se hissa sur la malle. Et attendit.

Que la mort vienne la chercher.

L'orage s'approchait en rugissant. D'énormes

vagues secouaient la malle en tous sens. La corde sciait les doigts de Nora.
Elle était à la merci des éléments.
Et ils étaient sans pitié.

## 10

Nora sentait les embruns mouiller son visage. Elle était fatiguée, si fatiguée. Elle voulait seulement dormir.
Avec difficulté, elle réussit à ouvrir les yeux.
Elle n'était plus agrippée à la malle, mais couchée sur la terre ferme. Du sable lui collait au visage et aux jambes.
Elle se redressa.
Nicholas ! Où était Nicholas ?
Nora scruta la plage de tous côtés. Elle repéra enfin la malle... échouée contre un énorme rocher. Le couvercle était ouvert.
Nora voulut se lever, s'élancer au secours de son fils, mais ses jambes affaiblies se dérobèrent sous elle. Elle tomba à genoux. Rassemblant ses dernières forces, elle se releva et se remit à avancer en titubant, le cœur rempli d'appréhension.
Elle regarda dans la malle.
Nicholas était là.
Immobile.
Trop immobile.
— Nicholas ? murmura-t-elle d'une voix altérée.
Il ne bougea pas.
Des mouettes passèrent au-dessus d'eux, mais même leurs cris stridents ne le réveillèrent pas.
Les yeux emplis de larmes, Nora tendit la main et effleura la joue de son bébé.

— Nicholas ?

Il rougit, son petit visage se plissa, et il poussa un long cri aigu. Vivant ! Il était vivant !

Riant de bonheur, Nora le sortit de son berceau de fortune et le serra contre elle.

— Nous sommes sauvés, Nicholas ! Sauvés !

Elle s'avança jusqu'au rivage. La mer, d'un bleu cristallin, s'étendait à l'infini devant eux.

— Nous allons commencer une nouvelle vie, ensemble, promit-elle à son fils.

Il leva sa petite main et attrapa la chaîne autour de son cou. Elle céda. L'amulette tomba dans le sable.

Nora la ramassa et l'examina avec mélancolie, la retournant pour lire l'inscription au dos : *DOMINATIO PER MALUM*.

— Le pouvoir par le mal, souffla-t-elle. Ton père m'a offert ceci en gage d'amour, Nicholas. Ce bijou lui était précieux parce qu'il appartenait à sa famille depuis très longtemps.

Elle poussa un soupir chargé de tristesse.

— La famille de ton père était puissante et riche. Mais ils ont payé cher ce privilège. Ils ont laissé le mal gouverner leur vie, et il les a détruits.

Nora garda un long moment le silence, absorbée dans la contemplation de l'Océan.

— Je ne veux pas que le mal fasse partie de ta vie, Nicholas, reprit-elle. Je ne veux pas que tu aies le même destin que ton père.

L'amulette pesait lourd dans sa main. Elle sentait sa chaleur. D'un geste déterminé, elle la lança dans la mer. Un intense soulagement l'envahit aussitôt. Elle serra Nicholas contre elle.

— Maintenant, la malédiction des Fear ne peut plus t'atteindre.

Elle baissa les yeux sur le visage de son fils.
— Nous allons commencer une nouvelle vie — avec de nouveaux noms. Désormais nous serons Nora et Nicholas Storm.

DEUXIÈME PARTIE

# 11

## Shadow Cove
## 1919

Nicholas Storm détestait le métier de pêcheur.

Il détestait le contact gluant du poisson. Le goût du sel sur ses lèvres. L'odeur qui lui collait à la peau, quel que soit le nombre de bains qu'il prenait, l'acharnement avec lequel il se frottait. Il la détestait vraiment.

Il détestait tout de sa vie. Tout.

Tout sauf Rosalyn.

Rosalyn était différente. Elle n'était pas de Shadow Cove. Elle venait d'Espagne.

Nicholas adorait ses longs cheveux bruns et ses yeux noisette. Et les minuscules boules d'or qui ornaient ses oreilles. Aucune des autres filles de Shadow Cove n'avait les oreilles percées. Aucune d'elles ne ressemblait à Rosalyn.

Les autres filles ne cherchaient qu'à se marier et à s'installer. Avoir des enfants. Et manger le poisson attrapé par leur mari.

Rosalyn avait d'autres rêves. Et Nicholas aussi. Ils voulaient se marier et quitter Shadow Cove.

Mais le père de Rosalyn ne leur accorderait jamais la permission de s'unir. Il avait de strictes exigences quant à l'homme qui épouserait sa fille —

le prétendant devrait être riche et puissant. Aussi riche et puissant qu'il l'était lui-même.

Rosalyn n'avait même pas le droit d'adresser la parole à Nicholas. Ils en étaient réduits à se rencontrer en secret.

Nicholas s'était juré de faire céder le père de Rosalyn. Peu importait le temps que cela prendrait. Et, alors, Rosalyn et lui pourraient se marier.

Il parvint aux abords de la maison qu'il partageait avec sa mère. L'air marin avait terni la couleur des planches en bois érodées par les intempéries. Elles étaient d'un gris délavé. Nicholas ouvrit la porte et pénétra dans la cuisine. Là, il se figea.

La maison était plongée dans l'obscurité et le silence. Un silence anormal. Trop profond.

Des mouches volaient autour des restes de son petit déjeuner.

— Maman ! appela-t-il, inquiet.

Un crabe traversait tranquillement la pièce de guingois.

Nicholas se rendit dans la pièce adjacente. Vide.

C'est alors qu'il entendit un faible gémissement. Il se rua dans le couloir jusqu'à la chambre de sa mère. Elle était par terre, recroquevillée sur elle-même.

Elle ne bougeait pas. Son visage était aussi blanc que les coquillages échoués sur la plage. Ses yeux étaient clos.

Nicholas s'agenouilla près d'elle et lui prit la main. Elle était glacée.

— Maman ?

Il frictionna sa main. Elle était si froide. Trop froide.

— Maman, qu'est-ce qu'il y a ? Tu es malade ?

Nora ouvrit péniblement les yeux. Elle le regarda.

— Daniel ?

— Non, maman. C'est Nicholas.

Nora eut un sourire nostalgique.

— Tu ressembles tant à ton père.

— Je sais, tu me l'as souvent dit. Maintenant explique-moi ce qui t'est arrivé, la pressa-t-il.

— Mon cœur...

Sa voix s'éteignit.

Il la souleva dans ses bras. Légère. Tellement légère.

Quand avait-elle commencé à paraître si vieille ? se demanda-t-il en la regardant. Sa mère avait l'apparence d'une femme du double de son âge. Ses yeux verts, autrefois si lumineux, étaient ternes. Ses cheveux bruns étaient devenus gris.

Une immense tristesse s'abattit sur lui alors qu'il la déposait avec délicatesse sur son lit. Il ramassa le plaid tombé par terre et la couvrit.

Sa mère avait travaillé si dur pour subvenir à leurs besoins. Dès qu'il avait été en âge de l'aider, Nicholas avait trouvé du travail sur les bateaux de pêche. Mais pendant des années, sa mère avait été seule à tout assumer.

Il se souvenait des heures qu'elle avait passées à rapiécer et à laver des vêtements, à réparer des filets pour gagner l'argent nécessaire à leur subsistance.

Nicholas s'était toujours promis d'offrir à sa mère tout ce qu'elle voudrait quand il aurait fait fortune. Elle n'aurait plus jamais besoin de travailler.

Il s'assit près d'elle. Le temps lui échappait, comme du sable entre les doigts, réalisa-t-il, le cœur lourd. Jamais il ne pourrait donner à sa mère ce qu'elle méritait.

— Nicholas. J'ai quelque chose à te dire, déclara-t-elle d'une voix faible. Je voulais te protéger, mais...

Me protéger de quoi ? se demanda Nicholas, pris d'un sombre pressentiment.

Nora déglutit avec peine.

— Tu dois savoir la vérité sur ta famille. Je ne serai pas toujours là pour te protéger.

La gorge de Nicholas se serra. Il voulait dire à sa mère qu'elle serait encore là longtemps. Mais il savait que c'était un mensonge.

Des mouettes poussaient leurs cris stridents dans le lointain. Le vent soufflait en rafales, faisant vibrer les portes et les fenêtres. Même la nature semblait s'attendre à un malheur.

Sa mère plongea son regard dans le sien. Son expression était si intense qu'elle effraya presque Nicholas.

— Ton père... ton père...

— Dis-moi, la supplia-t-il. Dis-moi.

Il avait attendu si longtemps le moment où elle lui parlerait de son père. Elle ne lui avait jamais rien révélé — excepté qu'il lui ressemblait. Il allait enfin apprendre la vérité.

— Ton père t'a légué un héritage... Un héritage...

Son corps se convulsa. Un râle monta du fond de sa gorge.

Le râle de la mort.

Ses mains lâchèrent prise.

À présent, ses yeux fixaient Nicholas sans le voir.

# 12

Immobile devant la tombe de sa mère, Nicholas entendait encore et encore ses dernières paroles. *Je voulais te protéger... Ton père t'a légué un héritage...*

Comprendrait-il jamais ? Apprendrait-il jamais de quoi elle voulait le protéger ? Posséderait-il jamais cet héritage légué par son père ?

Nicholas frissonna dans le vent froid. Il aurait aimé que Rosalyn soit là. Il avait besoin de lui parler. Elle seule pouvait l'aider à clarifier ses pensées.

Rosalyn avait bien sûr souhaité assister aux funérailles. Mais son père le lui avait interdit.

*Si je disposais déjà de mon héritage, le père de Rosalyn changerait d'avis à mon sujet. Rosalyn et moi pourrions nous marier tout de suite.*

Quand le soleil commença à décliner dans le ciel, Nicholas s'éloigna de la tombe de sa mère. Il marcha jusqu'à la plage et regarda l'Océan qui s'étendait à l'infini devant lui. La pleine lune faisait scintiller l'eau.

Nicholas ne pouvait pas se résoudre à rentrer. La petite maison lui paraîtrait trop vide sans sa mère. Des larmes lui montèrent aux yeux. Il ne voulait pas pleurer. Il se remit à marcher, de plus en plus vite, jusqu'à ce que son pas se transforme en course.

Il courut à en perdre haleine... et s'immobilisa soudain. Quelqu'un l'appelait.

Rosalyn !

La soie bleue de sa robe ondoyait alors qu'elle courait vers lui. Les pierres bleues de son collier favori captaient les rayons de la lune. Elle se jeta dans ses bras. Nicholas la serra très fort. Il aurait voulu ne jamais la laisser repartir.

Il posa sa joue contre sa tête. Ses longs cheveux

embaumaient le délicieux parfum de rose qu'elle portait toujours.

Avec un soupir, Rosalyn s'écarta de lui et le regarda. Ses yeux sombres étaient emplis de gravité.

Nicholas se pencha et l'embrassa tendrement.

— Rosalyn, que se passe-t-il ? lui demanda-t-il en prenant son visage entre ses mains.

— Il faut que tu partes, lâcha-t-elle avant d'enfouir son visage contre sa poitrine.

Il la sentit trembler.

— Il faut que tu quittes Shadow Cove immédiatement.

— Pourquoi ?

Elle leva vers lui des yeux remplis de larmes.

— Mon père m'a annoncé qu'il allait me marier à un homme riche. J'étais tellement bouleversée que je lui ai avoué que je t'aimais.

— Comment a-t-il réagi ?

— Il a juré de te tuer plutôt que de permettre notre mariage.

Elle lui agrippa le bras.

— Tu dois partir. Mon père ne menace jamais à la légère.

— J'ai quelque chose à te dire. Quelque chose qui pourrait bien changer l'opinion de ton père sur moi. Avant de mourir, ma mère m'a révélé que mon père m'avait légué un héritage.

— T'a-t-elle dit où ton père vivait ?

Nicholas secoua négativement la tête.

— Mais je le découvrirai. Il le faut.

Rosalyn avait l'air sceptique.

— Même si je n'y arrive pas, je trouverai un moyen de faire fortune, s'empressa-t-il de lui promettre. Je quitterai Shadow Cove dès demain.

Quand j'aurai assez d'argent pour convaincre ton père de nous donner sa bénédiction, je reviendrai. Et nous nous marierons. Promets-moi seulement de ne pas laisser ton père te forcer à en épouser un autre.

Des larmes brillaient à présent sur les joues de Rosalyn.

— Quand tu reviendras, je t'épouserai. Je te promets de ne jamais en épouser un autre. Quoi que mon père fasse.

Elle lui adressa un sourire tremblant.

— Il faut que je rentre à la maison avant que mon père découvre mon absence.

— Je reviendrai, Rosalyn, promit de nouveau Nicholas d'une voix vibrante.

Il la prit dans ses bras et l'embrassa longuement. Elle allait tellement lui manquer.

— Prends soin de toi, je t'en prie, souffla Rosalyn quand ils s'écartèrent l'un de l'autre.

— Ne t'inquiète pas.

La gorge nouée, Nicholas la regarda s'éloigner en courant. Quand elle fut hors de vue, il se détourna et prit la direction de sa maison vide.

Des nuages noirs passèrent devant la lune, obscurcissant le paysage. Nicholas se dépêcha de quitter la plage et d'emprunter le chemin de terre.

Il entendit un bruit derrière lui — comme une branche qui se casse. Il tourna la tête et scruta la route. Vide.

Il continua d'avancer, mais plus lentement. Il tourna brièvement la tête et regarda de nouveau derrière lui. Du coin de l'œil, il aperçut une ombre bouger.

Quelqu'un était-il en train de le suivre ?

Nicholas lança un autre regard furtif. Un homme recula vivement dans l'obscurité.

Le père de Rosalyn avait-il déjà envoyé quelqu'un à ses trousses ?

Nicholas continua de marcher comme si de rien n'était. Arrivé à la hauteur d'un grand orme, il bifurqua et se cacha derrière l'arbre, épiant la route à travers les branches.

Vide.

Où était passé l'homme ?

Nicholas entendit le bruit d'une démarche traînante, juste derrière lui. Il se retourna.

L'homme se tenait là, tout près.

— Ce n'est pas possible ! s'écria Nicholas.

L'homme lui ressemblait trait pour trait.

## 13

— Qui êtes-vous ? demanda Nicholas en espérant que l'homme ne s'apercevrait pas qu'il tremblait.

Comment pouvait-il lui ressembler à ce point ?

Il le regardait en silence, le visage indéchiffrable.

— Qui êtes-vous ? demanda de nouveau Nicholas.

Ses yeux détaillèrent le jeune homme. *Mêmes yeux bruns que les miens, mêmes cheveux noirs. Même taille.*

Calme-toi, s'ordonna-t-il. Calme-toi. Ce n'est qu'une étonnante coïncidence. Les cheveux et les yeux noirs ne sont pas si rares...

Non. Cela n'explique rien. Il ne me ressemble pas. Il *est* moi.

— Que me voulez-vous ? Qui êtes-vous ? s'écria-t-il avec plus de force.

L'homme ouvrit et referma la bouche. Mais aucun son n'en sortit.

— Allez-vous parler à la fin ? explosa Nicholas.

Son sosie prit une expression suppliante. Il ouvrit de nouveau la bouche.

— Shadyside ! dit-il dans un souffle rauque.

Son visage se tordit, comme si parler lui infligeait les pires souffrances.

Il devint flou et commença à disparaître.

— Je ne comprends pas, s'écria Nicholas. Qu'êtes-vous venu me dire ?

L'homme était à peine visible maintenant.

— Shadyside, répéta-t-il avant de disparaître complètement.

## 14

— Un billet pour Shadyside, s'il vous plaît.

Nicholas regardait anxieusement l'employé derrière le guichet de la gare. Il ne savait même pas si un endroit appelé Shadyside existait. Mais l'employé lui adressa un hochement de tête poli, prit son argent, et lui tendit un billet en retour.

Nicholas avait été incapable de dormir, la nuit précédente. Il n'avait pas arrêté de penser à son étrange vision. Puis il avait pris sa décision. À l'aube, il avait rassemblé ses maigres effets et s'était mis en route pour la gare.

Il ignorait ce qui l'attendait à Shadyside. Mais il fallait bien commencer quelque part la recherche de son héritage. Qui sait ? La vision était peut-être là pour le guider.

Nicholas arpentait nerveusement le quai. Maintenant qu'il avait un but, il lui tardait de partir. Il lissa les revers du costume dont il avait fait l'acquisition juste avant de venir à la gare. Mieux valait être présentable quand on voulait faire fortune.

L'esprit concentré sur ses projets d'avenir, Nicholas bouscula une femme en chapeau de paille. Elle se tenait courbée, un châle enroulé autour des épaules.

— Oh, excusez-moi, madame!

La femme leva la tête. Ses yeux bruns retinrent les siens.

— Rosalyn! s'écria-t-il avec surprise.

Il lui prit le bras et l'entraîna à l'écart des quelques voyageurs attendant sur le quai.

— Que fais-tu ici? demanda-t-il quand ils furent hors de portée des oreilles indiscrètes.

— Je voulais te revoir encore une fois. Alors je suis venue.

Il lui pressa la main.

— Je suis content que tu sois là. J'ai quelque chose à te dire. En rentrant chez moi hier soir, j'ai eu une vision.

Rosalyn ouvrit de grands yeux.

— Une vision? Que veux-tu dire?

— C'est difficile à expliquer. C'était une vision de moi-même. Elle n'a prononcé qu'un seul mot — Shadyside.

Il sortit son billet pour le lui montrer.

— Je ne savais même pas si cet endroit existait. Mais si, il existe. Alors, c'est là que je commencerai mes recherches.

Rosalyn frémit.

— Je n'aime pas l'idée que tu te laisses guider par cette vision. Tu ignores si elle vient d'un bon ou d'un mauvais esprit — même si elle a pris ta forme.

— Je sais que cela peut paraître bizarre, admit Nicholas. Mais je sens que c'est... ma destinée.

Rosalyn acquiesça de la tête.

— Je comprends. Bonne chance, Nicholas. Sois prudent. Je compterai les minutes jusqu'à ton retour. Je ne peux pas rester. Mon père sera furieux s'il découvre que je suis venue ici.

Elle déposa un petit paquet dans sa main

— Tiens, je veux que tu emportes plus que mon amour avec toi.

Elle déposa un rapide baiser sur ses lèvres. Nicholas la serra brièvement contre lui, humant le parfum de rose qui la suivait partout.

Puis Rosalyn resserra son châle sur ses épaules, regarda autour d'eux, et s'en alla d'un pas pressé. Nicholas glissa le cadeau dans la poche de sa veste. Un sifflement retentit, annonçant l'arrivée imminente du train.

Quand le train s'arrêta le long du quai, Nicholas grimpa à son bord et se dirigea vers un siège côté fenêtre. C'était la première fois qu'il prenait le train. C'était la première fois qu'il quittait Shadow Cove.

Un sifflement strident se fit de nouveau entendre et une traînée de fumée noire passa devant la fenêtre.

Puis le train se mit en branle.

Nicholas pressa son front contre la vitre. Quand il reviendrait à Shadow Cove, personne ne le reconnaîtrait. Nicholas Storm, le petit pêcheur, serait devenu quelqu'un.

Il chercha un bonbon à la menthe dans sa poche et ses doigts rencontrèrent le cadeau de Rosalyn. Il l'avait oublié. Il le sortit et s'aperçut qu'un mot était glissé sous le ruban fermant le paquet. Il le déplia et le lut :

*Très cher Nicholas,*

*Quand j'étais enfant, j'allais souvent me promener sur la plage. Un soir, au coucher du soleil, j'ai vu quelque chose briller sur le sable. Un cadeau apporté par la mer.*

*Ceci est mon bien le plus précieux. Et il m'a toujours porté bonheur. Je le portais le jour où je t'ai rencontré !*

*Je veux que tu le gardes tout au long de ton voyage. Je sais qu'il te ramènera vers moi sain et sauf.*

*À toi pour toujours*
*Rosalyn*

Il défit le paquet et découvrit le cadeau de Rosalyn. C'était son collier favori. Il l'avait vu si souvent à son cou. Sa main se referma sur le précieux bijou. Il était chaud contre sa peau. De la chaleur de sa peau à elle, se dit-il, même s'il savait que c'était impossible.

Il ouvrit la main et examina le collier. C'était un bijou très particulier. Un disque en argent serti de pierres d'un bleu éclatant. Une médaille d'une taille bien supérieure à la moyenne. Elle faisait davantage penser à une amulette.

Trois griffes fixaient l'amulette à la chaîne.

« Étrange décoration », murmura Nicholas en passant le pouce sur les griffes en argent.

Il sursauta, retenant un cri de douleur. Il venait de se piquer. Une goutte de sang tomba de son pouce au centre de l'amulette. Ces griffes sont dangereuses, pensa-t-il en s'apprêtant à ranger le bijou dans sa poche. C'est alors qu'il aperçut l'inscription au dos du médaillon.

Des mots latins. Il entreprit de les traduire,

s'efforçant de se souvenir des quelques notions de latin qu'il possédait.

« Per. » C'était facile. « Par. »

« Dominatio. » Cela se rapprochait de « dominer ». Cela signifiait peut-être « pouvoir ».

« Malum »...

Les doigts de Nicholas se resserrèrent autour de l'amulette tandis que le sens de l'inscription lui apparaissait dans toute son étrangeté.

*DOMINATIO PER MALUM.*

LE POUVOIR PAR LE MAL.

## TROISIÈME PARTIE

# 15

# Le village de Shadyside
# 1919

Un orage se préparait.

Nicholas le perçut dès qu'il posa le pied sur le quai de la gare de Shadyside.

Un éclair jaillit dans le ciel crépusculaire, révélant en partie la silhouette d'une immense demeure, au loin.

Nicholas avait prévu de prendre une chambre dans un hôtel et de visiter Shadyside le lendemain. Au lieu de cela, il empoigna sa valise et déambula dans la rue principale bordée d'arbres.

Il passa la boutique du barbier où un jeune officier de marine était en train de se faire raser. Tout juste rentré de la guerre, se dit Nicholas. Et il n'est pas beaucoup plus âgé que moi.

Il s'arrêta devant l'épicerie et jeta un œil sur la vitrine. Les étagères étaient surchargées de jouets, vaisselle, piles de vêtements, paquets de farine, boîtes de bonbons — tout les objets et denrées de la vie quotidienne. Nicholas envisagea d'entrer boire quelque chose de frais, mais décida finalement de continuer sa visite.

La grande demeure aperçue plus tôt à la faveur de

l'éclair semblait l'attirer comme un aimant. Il ne voulait pas s'arrêter avant de l'avoir atteinte.

Il dépassa le bureau de poste et celui du journal local. Il donna une tape à l'épaule de l'Indien en bois devant le bureau de tabac. Et il siffla d'admiration en voyant la rutilante Mercer Runabout garée devant la banque.

Un jour, j'aurai une automobile comme celle-là, se promit-il.

Nicholas marchait de plus en plus vite, comme poussé par une force invisible. Il quitta la rue principale et s'engagea dans une ruelle bordée de maisonnettes. Presque chacune d'elles disposait d'un petit potager.

Finalement, Nicholas trouva la rue menant à la demeure — Fear Street. Étrange nom. Qui choisirait de vivre dans une rue portant un tel nom ?

Une portion de la rue sinueuse avait été pavée. Le reste était comme en attente. Quelqu'un avait sans doute eu des projets pour cette parcelle, mais ils n'avaient visiblement pas abouti.

Le tonnerre gronda au loin. Nicholas savait qu'il aurait dû rebrousser chemin. Trouver un endroit où passer la nuit. Mais il ressentait l'inexplicable besoin de voir cette maison.

Il courait presque lorsqu'il atteignit le grand portail en fer forgé. Quand il le poussa, les gonds grincèrent sinistrement. Des épines s'accrochèrent au pantalon de son nouveau costume tandis qu'il gravissait l'allée envahie d'herbes folles. Mais cela lui était égal.

Son cœur battait de plus en plus vite à l'approche de la maison. J'appartiens à cet endroit, pensa-t-il soudain, comme une évidence.

Il s'arrêta devant la maison. Elle se dressait

contre le ciel d'orage, imposante. Nicholas ne pouvait pas imaginer vivre ici. Le rez-de-chaussée à lui seul contiendrait cinq ou six maisons de la taille de celle que sa mère et lui partageaient.

La majeure partie de l'énorme demeure avait été détruite. Manifestement par un gigantesque incendie.

Nicholas essaya de reconstituer l'endroit tel qu'il était autrefois. Une vision s'imposa à son esprit. La maison fraîchement peinte. Les volets ouverts. La lumière entrant à flots par les fenêtres. Les jardins et les haies soigneusement entretenus.

Un autre roulement de tonnerre retentit dans le lointain. Il lui fallait partir, la pluie n'allait pas tarder à tomber.

Pourtant, il ne pouvait se résoudre à retourner en ville. Ce lieu le retenait. L'appelait. Mais pourquoi ? Dans quel but ? Pour de bonnes... ou de mauvaises raisons ?

Il balaya ses interrogations et grimpa les marches en bois de la véranda. Elles gémirent sous ses pieds. Il hésita encore, à peine une seconde, puis se glissa dans les ruines calcinées.

En posant sa valise, un sentiment étrange l'envahit. Comme une certitude dont on ignore la source. *Je connais cette pièce. Je sais comment elle était avant l'incendie. Je sais ce que je vais trouver dans chaque pièce de cette maison.*

Avait-il déjà vu cet endroit dans un rêve ? Un cauchemar ? Que lui arrivait-il ?

Une faible lumière grise baignait la pièce. Nicholas leva les yeux. Le feu avait tout dévoré, du sol au plafond, ne laissant de l'immense demeure qu'une coquille vide. L'odeur du bois brûlé emplissait encore l'atmosphère. Y avait-il eu des victimes ?

— Feu, souffla une voix derrière lui.

Il se retourna vivement.

Mais il n'y avait personne.

C'est juste le vent, se rassura-t-il. Alors, un souvenir lui revint. Sa mère prononçant exactement ces mots-là pour l'apaiser. « Juste le vent. »

« *Feu, feu, feu* », semblait murmurer le vent.

Nicholas se força à rester immobile et à écouter cet étrange murmure. Il ne put comprendre que quelques mots.

« *Malédiction.* »

Il ferma les yeux et écouta plus intensément.

« *Fear.* »

« *Mal.* »

Mal. Fear. Malédiction. Nicholas rouvrit brusquement les yeux. Ces voix essayaient-elles de le mettre en garde ? Était-il en danger ?

— Qui êtes-vous ? s'écria-t-il. Qui me parle ?

Une odeur de chair brûlée l'assaillit.

— Répondez-moi, supplia-t-il.

Les voilages en lambeaux d'une fenêtre se gonflèrent soudain. Nicholas retint son souffle en découvrant une large trace roussie sur le tissu. Une trace qui ressemblait à une silhouette humaine.

Il s'approcha de la fenêtre. La trace devint plus sombre. Plus dense. Elle se mit à bouger, comme si elle voulait se détacher du tissu. Un bruit de déchirure. Le corps se séparait du voilage !

Nicholas recula, le cœur battant à tout rompre. Et, soudain, le corps disparut.

Il aperçut alors une silhouette dans l'ombre, à l'angle le plus reculé de la pièce. Un vieil homme en chaise roulante. Qui l'observait.

— Qui êtes-vous ? demanda Nicholas. Pourquoi n'avez-vous pas signalé votre présence ?

Le vieil homme ne répondit pas.

Nicholas ne pouvait pas distinguer son expression. L'obscurité ne laissait voir que les contours de son corps.

Il se précipita vers lui. Mais le vieil homme s'évapora avant qu'il ait pu l'atteindre.

*Il faut que je sorte d'ici. Tout de suite. Avant de devenir fou.*

Il se tourna vers la porte.

La sombre silhouette d'une femme apparut dans l'encadrement. Bloquant la sortie. Elle brandissait un couteau.

Avance, s'ordonna Nicholas. Elle ne peut pas te faire de mal. Elle est aussi irréelle que le vieillard. Elle va disparaître, elle aussi.

Il se força à traverser la pièce en direction de la femme.

Ses jambes tremblaient. Il n'en avait que trop vu et trop entendu dans cette étrange maison.

Tu y es presque, s'encouragea-t-il. Tu n'as qu'à contourner l'apparition et sortir de cette maison maudite.

Il prit une profonde inspiration et avança.

Un éclair illumina le ciel. La lame du couteau étincela dans la main de la femme.

Avec un cri strident, l'apparition leva le couteau plus haut, puis l'abattit sur la poitrine de Nicholas.

## 16

Nicholas vit l'acier de la lame luire brièvement quand elle plongea vers lui.

Il entendit le tissu de sa chemise se déchirer.

Il sentit le tranchant froid et aiguisé du couteau contre sa peau.

Puis il saisit le poignet de la femme, arrêtant net son geste meurtrier.

— Tu es mort, Daniel Fear ! hurla-t-elle. Tu dois rester mort !

De sa main libre, elle le griffa au visage. Il sentit l'odeur fade du sang.

Poussant un juron, il s'empara de son autre poignet. Elle se débattit frénétiquement en criant comme une démente.

— Vous et le mal devez rester morts !

L'orage éclata. La pluie s'engouffra par le toit ouvert, crépitant sur le sol. Un flash de lumière éclaira le visage de la femme. Ses traits étaient déformés par la rage. Elle avait les yeux exorbités, la bouche grande ouverte en un cri presque ininterrompu. Nicholas comprima son poignet droit jusqu'à ce qu'elle lâche le couteau. L'arme tomba avec fracas.

Il repoussa brutalement la femme et s'empara du couteau. Haletant, il recula, prêt à se défendre.

La femme s'effondra soudain au sol. Elle se couvrit le visage et se mit à pleurer.

— Emmenez-moi avec vous, Daniel Fear. Emmenez-moi au royaume des morts. Emmenez-moi pour que je puisse rejoindre celui que j'aime.

Cette femme était folle. Que racontait-elle ? Pourquoi était-elle là ? Cette maison n'était pas habitable.

La femme commença à trembler. Elle se roula en boule, le visage toujours enfoui entre ses mains.

Elle a peur de moi, comprit Nicholas. Il lança le couteau à l'autre bout de la pièce et s'agenouilla près d'elle.

— Je suis désolé de vous avoir effrayée. Je ne suis pas Daniel Fear. Je m'appelle Nicholas Storm.

Elle leva brusquement la tête, une lueur sauvage dans le regard.

— Menteur. Je vous reconnaîtrais entre mille. Si vous n'êtes pas Daniel Fear, vous êtes son fantôme.

— Où vivez-vous ? demanda Nicholas, prenant soin de parler avec douceur pour ne pas l'alarmer davantage. Permettez-moi de vous raccompagner. Vous ne pouvez pas rester sous la pluie.

— Je vis ici.

Elle se releva avec effort et fit signe à Nicholas de la suivre. Elle le conduisit dans une pièce qui avait dû être, autrefois, l'office. Sur des étagères ayant échappé au feu, se trouvaient quelques vêtements, une vieille poupée de chiffon, des fleurs séchées, et de maigres provisions. Un vieux matelas recouvert d'une mince couverture occupait un angle de la pièce. Quelques bougies prodiguaient une lumière chiche.

— La famille Fear vivait-elle ici ? demanda Nicholas.

— Évidemment. Vous le savez bien, Daniel Fear.

Nicholas ne prit pas la peine de la corriger. Elle pouvait bien l'appeler Daniel si ça lui chantait. Tout ce qu'il voulait, c'était obtenir des informations.

— Vos grands-parents vivaient ici, poursuivit la femme. Simon et Angelica Fear. Ils sont morts ici, aussi. Tout comme vous. Tout le monde est mort... et doit le rester. Même vous. Et mon amour. Mon Charles.

— Qui est Charles ?

La femme lui prit une main et la serra.

— Charles. Vous vous souvenez, il venait aider quand vos grands-parents donnaient des réceptions.

C'était mon fiancé. Il est mort ici la nuit de l'incendie.

— Étiez-vous là ?

— Non. J'aurais dû être en cuisine, mais j'étais malade. Je suis restée à la maison.

— Savez-vous ce qui s'est passé cette nuit-là ?

Elle secoua la tête et étreignit plus fort sa main.

— J'ai entendu les cloches sonner et j'ai aperçu le feu depuis la maison. Je suis venue aussi vite que j'ai pu, mais c'était trop tard. Nora Goode était la seule survivante. La jolie Nora. Ils disent qu'elle vous a épousé.

Nora ? Le prénom de sa mère...

Le cœur de Nicholas s'emballa. Allait-il enfin découvrir la vérité sur sa famille après toutes ces années ?

— Comment était Nora ? demanda-t-il en retenant son souffle.

— Honte à vous ! Ne pas vous souvenir de votre propre épouse. Elle avait de longs cheveux bruns et de très beaux yeux verts. Je me souviens que son sourire était doux.

*Cheveux bruns et yeux verts... Comme ma mère. Ma mère était Nora Goode.*

*Mon père devait donc être Daniel Fear. Voilà pourquoi cette pauvre femme pense que je suis revenu du royaume des morts. Mon père et moi nous ressemblons tellement que l'on nous confond.*

*C'est mon père qui m'est apparu la nuit dernière à Shadow Cove. Pas moi-même — mon père !*

Enfin ! Enfin il connaissait le nom de son père. Et le véritable nom de sa mère. Nora Goode et Daniel Fear.

— Merci d'avoir répondu à mes questions, dit-il avant d'ajouter, hésitant : N'avez-vous pas d'autre endroit où vivre ?

— Ma place est ici. Près de mon Charles. Je le vois parfois, quand il me rend visite. Oui, il vient me voir. Mais pas longtemps. Il doit rester mort. Et vous aussi.

Nicholas sortit quelques dollars de sa poche et les lui tendit. Il avait besoin de cet argent — mais elle en avait encore plus besoin que lui.

— Je reviendrai...

— Je vous en prie, emmenez-moi avec vous, le supplia-t-elle sans lâcher sa main. Je veux vivre avec mon Charles.

— Je suis désolé, je ne peux pas.

Il se dégagea doucement.

Je sais qui je suis, pensa Nicholas avec un frisson de joie en se dirigeant vers la porte. Il s'arrêta sur le seuil et se retourna pour regarder la vieille demeure. Ma famille vivait ici. Mon père et ma mère ont passé du temps ensemble ici. Tout comme mes arrière-grands-parents ! Des arrière-grands-parents ! Il pouvait à peine y croire.

Il était le fils de Daniel Fear.

— Je suis le fils de Nora Goode ! lança-t-il en serrant les poings.

Il renversa la tête en arrière. Un éclair illumina son visage inondé de pluie.

— Je suis un Fear ! exulta-t-il. Nicholas Fear !

## 17

Nicholas Fear. Il ne cessait de répéter ce nom tandis qu'il retournait en direction de Fear Street, sa valise à la main.

Fear Street. Une rue baptisée du nom de *sa* famille. Même le père de Rosalyn n'avait pas ce privilège.

La pluie avait beau tomber sans relâche, le trempant jusqu'aux os, il s'en moquait.

*C'est ici que je ferai fortune. Je le sais. Cette terre que je foule m'appartient. Elle est l'héritage que m'a laissé mon père. Je construirai une maison ici. La plus grande de la ville.*

Nicholas sourit quand il atteignit la plaque indiquant Fear Street. Il s'engagea à vive allure dans la rue bordée de petites maisons. Des lumières brillaient aux fenêtres. Il vit les membres d'une famille en train de souper.

Il tourna dans la rue principale. Elle était quasiment déserte, les boutiques fermées.

Nicholas aperçut un homme marchant d'un bon pas sur le trottoir inondé. Il lui demanda où se trouvait l'auberge la plus proche. L'homme la lui indiqua et se hâta de poursuivre son chemin.

Tout en se dirigeant vers l'auberge, Nicholas continua d'imaginer son avenir ici. Il achèterait une automobile, décida-t-il, se souvenant de celle qu'il avait vue garée devant la banque. Rosalyn et lui iraient faire un tour avec tous les dimanches.

Et il lui offrirait autant de robes qu'elle voudrait. Elle serait la femme la plus belle et la plus élégante de la ville. Tout le monde les reconnaîtrait quand ils passeraient dans leur automobile. Voilà les Fear, murmurerait-on. La plus riche famille de la ville.

Nicholas repéra la grande maison bleue décrite par le passant. Il grimpa les marches du perron, mais hésita à frapper à la porte.

Pour l'instant, je n'ai certes pas l'apparence de l'homme le plus riche de la ville, pensa-t-il. Il était trempé. Sa chemise avait un accroc, et sa petite valise semblait plus piteuse que jamais. Accepterait-on seulement de lui donner une chambre ?

La porte s'ouvrit soudain en grinçant. Une adolescente se tenait dans l'encadrement. Un ruban jaune vif retenait ses cheveux blonds en arrière. Quelques taches de rousseur parsemaient son nez. Ses yeux bleus pétillèrent quand elle lui sourit.

— Je suis Betsy Winter. Ma mère tient l'auberge. Je vous ai vu arriver. J'espère que vous cherchez une chambre.

Soulagé, Nicholas lui rendit son sourire.

— Il se trouve que oui.

— Maman ! appela-t-elle par-dessus son épaule. Nous avons un nouveau pensionnaire !

— Votre mère ne voudra pas me poser quelques questions ?

— Vous êtes séduisant, répliqua Betsy avec une franchise déconcertante. C'est tout ce que j'ai besoin de savoir. Entrez.

Séduisant ! Nicholas se sentit rougir. Dissimulant son embarras, il suivit Betsy. Elle le conduisit dans un grand salon. Des rideaux de dentelle ornaient les fenêtres. Des figurines en porcelaine soigneusement dépoussiérées étaient disposées sur de petites tables dispersées à travers la pièce.

Il se sentait gauche. Loin d'être assez élégant pour cette pièce si coquette. Et, pour aggraver son cas, il semait des gouttes d'eau sur son passage.

Une petite femme entra d'un pas vif. Elle avait la même teinte de cheveux que Betsy. Et aussi quelques taches de rousseur sur le nez.

— Maman, voici notre nouveau pensionnaire. N'est-il pas charmant ?

Betsy sautait littéralement de joie. Nicholas

n'avait jamais rencontré une fille dotée d'autant d'énergie et d'enthousiasme.

Mme Winter remit en place une mèche de cheveux égarée de son chignon et rit.

— Il semble que Betsy ait décidé pour moi. Bienvenue dans notre pension, monsieur... ?

— Fear. Nicholas Fear.

La mère et la fille étaient si chaleureuses et amicales qu'il se détendit.

Betsy poussa un petit cri d'effroi et se laissa tomber sur le sofa, ses yeux bleus écarquillés.

— Fear ! Êtes-vous parents avec ces fous qui vivaient dans la grande demeure ?

— Betsy ! la gronda Mme Winter. Ce n'est pas poli de traiter les gens de fous.

Elle adressa un sourire d'excuse à Nicholas.

Ce dernier réalisa soudain qu'il ne savait presque rien sur sa propre famille. Il ignorait totalement quel genre de personnes la composaient.

— Mais les Fear étaient vraiment fous, maman, persista Betsy. Tout le monde le sait.

— On m'a dit que mes arrière-grands-parents vivaient dans cette maison, déclara Nicholas. Mon père y est mort.

— Maintenant que j'y pense, vous ressemblez étonnamment à Daniel Fear, remarqua Mme Winter. Mais venez vous installer. Vous êtes trempé.

Nicholas lui fut reconnaissant de changer de sujet.

— Je vais le conduire, proposa aussitôt Betsy en bondissant du sofa et en attrapant sa valise.

— Descendez manger quelque chose à la cuisine, une fois que vous serez séché, lui lança Mme Winter alors qu'il emboîtait le pas à Betsy. Et ne laissez pas ma fille vous casser les oreilles, ajouta-t-elle.

— Vous vous plairez ici, vous verrez, assura Betsy. Nous louons des chambres depuis environ trois ans. Depuis la mort de mon père. Il n'a jamais eu beaucoup d'argent, alors, il ne nous a pas laissé grand-chose.

Nicholas n'avait jamais connu quelqu'un parlant autant et si vite.

— Pas comme votre famille, poursuivit Betsy alors qu'ils atteignaient l'étage.

Elle le précéda dans un long couloir.

— J'imagine qu'ils ont laissé des tonnes d'argent, continua-t-elle. Ils possédaient des terres. Et cette immense maison.

Betsy s'arrêta et ouvrit la porte d'une petite chambre.

— Vous êtes arrivé. La salle de bains se trouve deux portes plus loin. Je vous apporterai des serviettes. Je suis si contente que vous soyez là.

Elle lui fit un petit signe de la main et s'éloigna. Puis elle s'arrêta soudain et pivota pour lui faire face.

— J'espère que je ne vous ai pas offensé en parlant de votre famille. Maman dit toujours que je ne réfléchis pas avant d'ouvrir la bouche. S'il vous plaît, dites-moi que vous n'êtes pas fâché.

Nicholas secoua la tête et lui sourit. Comment pouvait-on se fâcher contre Betsy ? Elle était l'innocence incarnée.

— J'espère que vous m'en direz plus sur ma famille plus tard, répondit-il. Savez-vous quelque chose sur l'incendie ?

— Cela s'est produit avant ma naissance. Mais tout le monde est au courant. *Pouf!* En un clin d'œil, tous les Fear avaient disparu. Et tout ce qu'ils possédaient avec eux. Sauf la terre. Elle appartient à Andrew Manning maintenant. C'est l'homme le plus riche de Shadyside. On dit...

— Betsy! l'appela sa mère. Viens et laisse un peu M. Fear en paix, s'il te plaît.

Betsy adressa un clin d'œil à Nicholas.

— Oui, maman!

Tout en regardant Betsy dévaler les escaliers, Nicholas décida qu'il irait rendre visite à ce M. Manning dès la première heure le lendemain. M. Manning était peut-être l'homme le plus riche de la ville... mais plus pour longtemps.

Betsy avait raison, pensa Nicholas en découvrant la maison de Manning le lendemain matin. Cet homme devait être riche.

Il poussa l'imposant portail en fer forgé et s'engagea dans l'allée de gravier. Dans quelle proportion la fortune de M. Manning provenait-elle de la propriété des Fear? Quelle part revenait légalement à Nicholas?

Il grimpa les marches de la véranda, puis empoigna le heurtoir en cuivre et frappa à trois reprises.

— J'arrive! cria une voix aiguë. J'arrive!

La porte s'ouvrit. Le visage ridé d'une femme aux cheveux blancs comme neige apparut dans l'entrebâillement. Ses yeux gris s'agrandirent. Puis elle poussa un hurlement de terreur.

— Qu'est-ce qui se passe encore? s'écria un petit homme en surgissant derrière la femme.

Il la conduisit à la cuisine, tout en faisant signe à Nicholas de le suivre.

— Je suis désolé, s'excusa Nicholas. Je lui ai fait peur...

— Respirez profondément, ordonna l'homme à la vieille dame après lui avoir avancé une chaise.

Elle prit docilement une longue inspiration, puis expira lentement.

— Mme Baker est sujette à ces petites faiblesses, expliqua l'homme à Nicholas. Hier, elle s'est évanouie parce que le boucher avait livré les poulets sans leur avoir ôté la tête. Elle a affirmé que leurs petits yeux la fixaient.

— Monsieur Manning... souffla la femme. C'est Daniel Fear, revenu d'entre les morts.

— Sottise, commenta Andrew Manning.

— Je vous dis que c'est lui ! insista Mme Baker d'une voix suraiguë.

— Alors, il est étonnamment bien conservé, n'est-ce pas, madame Baker ? J'aimerais que les années soient aussi clémentes avec moi.

Il reporta son attention sur Nicholas.

— Qui êtes-vous, jeune homme ?

— Nicholas Fear, répondit-il, s'efforçant de paraître calme et assuré. Je suis le fils de Daniel Fear.

— Vous voyez, madame Baker. Il y a une explication logique à tout.

— J'ai semé la terreur dans toute la ville, admit Nicholas. Je n'ai jamais connu mon père, mais il semble que je sois son portrait craché.

Nicholas marqua un temps de pause avant d'en venir à l'essentiel :

— Je souhaitais vous parler au sujet des terrains dans le secteur, monsieur Manning.

— Formidable. J'aime avoir de la compagnie le matin. Madame Baker, quand vous aurez retrouvé vos esprits, apportez-nous donc du café et un morceau de votre délicieuse tarte aux fraises.

M. Manning précéda Nicholas dans le couloir. Le jeune homme contemplait, bouche bée, les pièces qu'ils traversaient. Épaisses tentures, tableaux, meubles en acajou...

Le pouvoir, pensa-t-il avec fascination. C'est à cela que ressemblent la richesse et le pouvoir. C'est cela que je veux.

Il suivit son hôte dans le bureau. M. Manning s'installa dans son vaste fauteuil en cuir. Il désigna un fauteuil plus petit en face de lui. Nicholas s'assit.

Avant que l'un d'eux ait pu engager la conversation, Mme Baker entra avec le café et deux parts de tarte. Elle les posa sur un angle du bureau, en prenant bien soin de rester loin de Nicholas.

— Stupide femme, murmura M. Manning.

Il sourit à Nicholas.

— Elle est à mon service depuis la mort de ma femme, et a pratiquement élevé ma fille, Ruth. Alors, je suppose que je dois fermer les yeux sur certains aspects de sa personnalité.

Sa voix était pleine d'indulgente affection. Peut-être cela serait-il plus facile que Nicholas le pensait. Peut-être se montrerait-il compréhensif.

Andrew prit un morceau de tarte et le fourra goulûment dans sa bouche.

— Succulente. Goûtez, mon ami.

— Non, merci.

Nicholas avait l'estomac carrément noué.

M. Manning lécha la confiture de fraise sur ses doigts.

— Vous vouliez parler terrains. Dites-moi ce que je peux faire pour vous.

Nicholas prit une profonde inspiration. Il se pencha en avant, les coudes posés sur ses cuisses.

— Vous pouvez me rendre ce qui m'appartient de droit.

Andrew haussa ses épais sourcils gris.

— Et de quoi s'agit-il ?

— De mon héritage — la fortune de la famille Fear.

Andrew Manning renversa la tête en arrière et partit d'un grand éclat de rire.

## 18

Sentant un flot de rage monter en lui, Nicholas serra les poings et attendit que M. Manning ait fini de rire.

— Mon cher ami, dit enfin ce dernier en cherchant sa respiration. Il n'y a pas de fortune.

— Vous mentez ! Vous ne voulez pas renoncer à l'argent qui m'appartient !

— C'est une accusation grave, répondit M. Manning, tout à fait calme maintenant. Je vous invite à discuter avec le directeur de la banque — ou avec n'importe qui d'autre. Ils vous diront tous la même chose. Vous n'avez aucun héritage — à part d'énormes arriérés d'impôts.

Nicholas se leva, les jambes flageolantes. C'était un tel choc. Il ne pouvait pas rester une minute de plus dans cette pièce. Il ne pouvait pas laisser M. Manning le voir trembler.

— Rasseyez-vous, proposa M. Manning. Je vous en prie. Je n'aurais pas dû rire.

Nicholas se réinstalla lentement dans son fauteuil.

— Des arriérés d'impôts ? murmura-t-il, sa colère laissant place au désespoir.

M. Manning acquiesça de la tête.

— Je le crains. J'avais un ambitieux projet de construction de part et d'autre de la rue. Des maisons magnifiques. Mais je sous-estimais combien les gens peuvent être superstitieux. Personne ne voulait vivre dans Fear Street. Ils avaient tous entendu les histoires les plus folles. J'ai dû abandonner mon projet.

Le fauteuil de M. Manning racla le parquet quand il se leva. Il vint poser une main amicale sur l'épaule de Nicholas.

— Je suis sincèrement navré.

— Je sais. J'avais juste...

Il poussa un profond soupir.

— Des espoirs, termina M. Manning à sa place. Et des rêves.

— Quelque chose comme ça, admit Nicholas en tournant son visage vers M. Manning. Je m'excuse de vous avoir importuné.

— Il n'y a pas de mal, lui assura M. Manning en allant ouvrir la porte-fenêtre donnant sur le jardin. Allons un peu prendre l'air. Vous semblez en avoir besoin.

Ils sortirent sur la terrasse. M. Manning inspira à pleins poumons.

— J'adore respirer l'air du matin.

Nicholas laissa son regard errer sur les arbres et les massifs de fleurs jusqu'à ce qu'il se sente de nouveau maître de lui. Puis il tendit la main à M. Manning.

— Merci encore. Je suis sûr que vous êtes très occupé, alors...

M. Manning lui serra vigoureusement la main.

— Que projetez-vous de faire maintenant ? demanda-t-il. Allez-vous rentrer chez vous ?

Nicholas fit non de la tête. Il ne pouvait pas rentrer pauvre à Shadow Cove.

— Non. Il y a là-bas une jeune fille que je veux épouser. Mais son père ne donnera jamais son consentement. Il veut un homme riche pour sa fille.

Nicholas hésita un instant. Il avait honte de dire la suite.

— J'ai promis à Rosalyn — c'est ainsi qu'elle s'appelle — que je reviendrai avec assez de fortune pour que son père consente à notre mariage. Je pensais que ce serait facile.

— Tous les pères ont tendance à croire qu'aucun homme n'est assez bien pour leur fille, remarqua M. Manning avec compréhension. Je suis moi-même confronté au problème. Trouverai-je pour la mienne un homme qui l'aimera et la rendra heureuse ?

Nicholas secoua la tête.

— Le père de Rosalyn est différent. Il se moque que j'aime ou non Rosalyn. Seul l'argent compte à ses yeux. Je dois lui prouver que je peux gagner autant d'argent que lui.

M. Manning le considéra un moment, semblant peser le pour et le contre d'une idée qui venait de lui passer par la tête.

— J'ai une scierie. Vous pouvez y travailler. Apprendre le métier. La paye est correcte. Un homme ambitieux peut arriver à quelque chose dans mon entreprise.

Nicholas sentit un peu d'espoir lui revenir. Un travail dans une scierie n'était pas exactement ce dont il avait rêvé en quittant Shadow Cove. Mais c'était un début.

— Je suis un homme ambitieux, assura-t-il.

— Alors, soyez sur place demain matin à sept heures précises. N'importe qui saura vous indiquer la direction de la scierie.

— Merci. Vous ne serez pas déçu, promit Nicholas.

M. Manning le reconduisit jusqu'à l'allée de gravier. Nicholas se hâta de la descendre et de franchir le lourd portail. Il le referma derrière lui et fit quelques pas dans la rue. Puis il s'arrêta, se retourna et fit signe à M. Manning.

— À demain sept heures, lança-t-il. Même plus tôt !

M. Manning lui fit signe en retour.

— Sept heures, ce sera parfait, lui cria-t-il avant de retourner dans son bureau.

Je travaillerai dur, se promit Nicholas en levant les yeux sur l'élégante maison d'Andrew Manning. J'apprendrai tout du travail du bois. Et un jour, j'aurai une maison aussi grande que celle-ci. Un jour, je rachèterai la propriété des Fear.

Un cri perçant retentit derrière lui.

Avant qu'il ait pu faire le moindre mouvement, quelque chose le heurta brutalement. Et il se retrouva par terre.

Ses poumons comprimés se vidèrent d'un coup.

Quelque chose de lourd pesait sur lui.

Des points lumineux dansaient devant ses yeux. Il commençait à manquer d'air.

## 19

Quelqu'un gémit.

Nicholas se força à ignorer la douleur qui lui vrillait le côté et ouvrit les yeux.

Une bicyclette était renversée à côté de lui. Une fille, grande et maigre, était vautrée sur sa poitrine.

*Pas étonnant que je ne puisse pas respirer.*

Elle leva la tête et écarta ses cheveux emmêlés de devant son visage. Elle avait les yeux noirs. Des yeux aussi vides que ceux des poissons que Nicholas avait pêchés toute sa vie.

La fille prit appui sur son torse pour se lever.

— Je suis désolée. C'est ma faute. Je suis si maladroite. Êtes-vous blessé ?

Nicholas s'assit.

— Non, je n'ai mal nulle part. Et vous ?

— Ça va. Ne vous inquiétez pas pour moi. Je suis tellement navrée. Je ne pensais pas que vous alliez vous arrêter au milieu de la route. J'ai réagi trop tard.

Elle lui tendit la main pour l'aider à se relever. Sa peau était moite et froide.

Nicholas ne put s'empêcher de comparer cette fille à Rosalyn. Les yeux de Rosalyn étaient noisette. Ils reflétaient chacune de ses émotions. Et sa peau était chaude et dégageait un parfum de rose.

— J'aurais dû regarder où j'allais, déclara-t-il par politesse.

Il lâcha la main de la fille et brossa ses habits.

Elle releva sa bicyclette.

— Je ne vous ai jamais vu auparavant, dit-elle, les yeux baissés. Êtes-vous nouveau en ville ?

— Oui, je suis arrivé hier. Je suis Nicholas Fear.

— J'espère que notre prochaine rencontre sera moins douloureuse, ajouta-t-elle, les yeux toujours baissés. Je vais m'entraîner à utiliser les freins.

— Et moi à regarder où je vais, mademoiselle... ?

— Oh ! Manning. Ruth Manning.

— Je viens de rencontrer votre père. Il m'a proposé un travail.

— C'est merveilleux ! Je me sens beaucoup mieux maintenant. Au moins un membre de ma famille vous aura-t-il réservé un accueil digne de ce nom à Shadyside.

— Vraiment, il faut oublier cet incident. Je vais très bien. Au revoir, mademoiselle Manning.

— Oh, monsieur Fear ?

— Oui ?

— Vous devriez boutonner votre chemise avant de partir.

Nicholas baissa les yeux sur son torse. Trois des boutons s'étaient défaits dans sa chute.

— Merci. Je n'aurais pas fait bonne impression en ville dans cette tenue.

Il commença à fermer sa chemise.

— Que portez-vous là ? demanda Ruth en désignant l'amulette.

— Un cadeau.

— Je n'ai jamais rien vu d'aussi beau, souffla-t-elle en tendant des doigts tremblants et en retournant l'amulette. *Dominatio per malum*... Le pouvoir par le mal.

Pour la première fois, son regard croisa vraiment le sien. Un regard mort qui lui donna le frisson.

— Croyez-vous aux forces du mal, monsieur Fear ? demanda-t-elle d'un ton plein de gravité.

— Je crois au pouvoir, répondit-il en lui retirant sa médaille des doigts pour terminer de boutonner sa chemise.

Puis il prit poliment congé d'elle.

Nicholas arriva au travail à l'heure prévue, le lendemain matin. Plusieurs ouvriers actionnaient des manivelles pour lever les lourds rideaux de l'atelier.

En attendant, Nicholas observa soigneusement ce qui l'entourait. Il voulait apprendre vite. La scierie avait été construite près d'une large rivière. Le courant entraînait une roue qui faisait à son tour fonctionner les machines à l'intérieur.

Les ouvriers s'engouffrèrent dans la scierie dès que la voie fut libre. Nicholas leur emboîta le pas. D'énormes machines et de grandes scies circulaires occupaient la majeure partie du bâtiment. Il passa son doigt sur le bord découpé de la lame d'une des scies.

— Attention, l'avertit quelqu'un. Il faut toujours manier une scie comme si elle était en marche. Sinon vous risquez d'y laisser un doigt.

Nicholas se retourna. Un homme mince, de petite taille, le regardait en fronçant les sourcils. Il avait à peu près son âge.

— Je croirais entendre ma grand-mère, le taquina un autre ouvrier.

Il ressemblait à une montagne. Environ 1,90 m, une carrure impressionnante, les cheveux roux et les yeux verts.

— Vous devez être le nouveau dont nous a parlé M. Manning. Je suis Ike. Et ma grand-mère ici présente s'appelle Jason. Vous ferez équipe avec nous.

— Je m'appelle Nicholas.

— Je ne radote pas, dit Jason à Nicholas en lançant un regard noir au colosse hilare. Il faut manipuler les scies avec prudence — même quand elles sont à l'arrêt. Pas plus tard que le mois dernier...

— Et donc, Nicholas, c'est la première fois que vous travaillez dans une scierie ? l'interrompit Ike.

— Oui, admit Nicholas.

— C'est pas un problème, lui assura Ike en lui adressant un clin d'œil. Vérifiez juste que vous avez tous vos doigts à la fin de la journée. Jason compte les siens toutes les nuits. Il s'inquiète tellement pour ses mains qu'il n'a même pas remarqué qu'il s'était coupé trois doigts de pied !

Ike partit d'un grand éclat de rire, tandis que Jason se retenait pour ne pas sourire. Ces deux-là devaient êtres inséparables depuis un bon bout de temps déjà.

— Je n'ai aucun doigt de pied en moins, protesta Jason sans grande conviction.

— Enlève tes chaussures et prouve-le ! le défia Ike. Non, attends. Voilà la fille du patron. Tu ne voudrais pas l'offenser avec l'odeur de tes pieds.

Jason haussa les épaules et sourit à Nicholas.

— Ne vous laissez pas impressionner par sa taille. Ce n'est qu'un gros nounours qu'il suffit de siffler de temps en temps pour le rappeler à l'ordre. Je le fais sans problème. Vous y arriverez aussi. C'est facile.

Ike grogna. Puis il adressa un sourire à Ruth qui s'avançait dans leur direction.

— Bonjour, murmura-t-elle en s'arrêtant à leur hauteur.

— Avez-vous rencontré Nicholas ? demanda Ike. C'est son premier jour.

— Oui, nous nous sommes rencontrés.

Ruth adressa un bref sourire à Nicholas, sans le regarder directement.

— Ike, voulez-vous trouver quelqu'un pour balayer, s'il vous plaît ? demanda-t-elle. Il y a trop de sciure.

— Bien sûr, mademoiselle Manning, répondit Ike en touchant poliment son chapeau.

— Travaille-t-elle ici ? s'enquit Nicholas quand Ruth fut partie.

— Elle tient les comptes, expliqua Ike en attrapant un balai. Elle est aussi carrée qu'une planche de bois et n'a jamais rien à dire. Tout à fait assortie à Jason.

Ce dernier ricana en repoussant ses cheveux blonds en arrière.

— En tout cas, moi je ne lui lèche pas les bottes. Bien sûr, mademoiselle Manning. Tout ce que vous voudrez, mademoiselle Manning, imita-t-il.

Ike rit de bon cœur et tendit le balai à Nicholas.

— Les nouveaux balaient.

Nicholas entreprit de rassembler des petits tas de sciure. Quelques instants plus tard, son nom résonna dans la scierie. Il leva les yeux et vit Betsy qui courait dans sa direction, ses cheveux blonds flottant gracieusement sur ses épaules.

Plusieurs ouvriers interrompirent leur tâche pour la regarder passer, mais Betsy n'avait d'yeux que pour Nicholas. Elle lui tendit une boîte sur laquelle elle avait dessiné des cœurs rouges.

— Je l'avais préparée spécialement pour vous, mais vous l'avez oublié ce matin.

— Oh, comme c'est charmant ! minauda Ike en joignant ses grosses mains devant lui.

— Pas de casse-croûte pour moi, Betsy ? demanda Jason. Je croyais que tu devais m'aider à devenir aussi costaud et fort que Ike !

— Tu t'es moqué de ce que j'ai apporté la dernière fois, alors tu n'auras plus rien. À partir de maintenant il n'y en aura que pour Nicholas.

Betsy rejeta ses longs cheveux blonds derrière ses épaules et sourit à Nicholas.

— Maman dit que je devrais vous appeler M. Fear, parce que vous êtes un client. Mais je préfère Nicholas ! Ça ne vous dérange pas, n'est-ce pas ?

Nicholas secoua la tête avec embarras. Jason lui lança un regard glacial.

— Nicholas est plus beau que vous deux réunis, alors j'ai décidé de ne plus cuisiner que pour lui ! poursuivit Betsy d'un ton taquin.

Elle ne semblait pas remarquer que son attitude contrariait sérieusement Jason.

— Betsy, tu vas t'attirer des ennuis à flirter comme ça, la prévint-il d'une voix dure. Il faut que tu partes maintenant. On a du travail.

Visiblement, Jason aimait beaucoup Betsy. Et il était jaloux comme un tigre.

— D'accord, soupira Betsy. À ce soir, lança-t-elle à Nicholas avant de quitter la scierie de son pas alerte, escortée par les regards admiratifs des ouvriers.

Nicholas eut soudain la sensation qu'on l'observait. Il leva les yeux et aperçut Ruth à la vitre d'un des bureaux du deuxième étage. Il lui fit signe, mais elle se détourna.

Pauvre Ruth. Elle devait souffrir de voir tous ces hommes en admiration devant la beauté et la fraîcheur de Betsy. Aucun homme n'avait jamais dû la regarder de cette façon.

Au terme de son premier jour à la scierie, Nicholas était satisfait. Il aimait ce travail. Le bois avait bien meilleure odeur que le poisson, se dit-il alors qu'il regagnait l'auberge. Et il était doux au toucher — pas gluant.

Un léger bruissement s'éleva des buissons bordant la route. Nicholas s'arrêta. Le bruit s'arrêta aussi.

Il se remit à marcher. Le bruissement reprit.

Quelqu'un le suivait-il ?

Nicholas ne connaissait presque personne en ville. Qui pouvait bien le suivre ?

Quelque chose vint heurter l'arrière de sa tête et retomba au sol avec un bruit sourd.

Une pierre. On lui avait lancé une pierre!

Nicholas se toucha le crâne et fit la grimace. Il saignait. Il donna un coup de pied rageur dans la pierre. Elle roula deux fois sur elle-même, puis s'immobilisa.

Quelque chose y était attaché.

Nicholas se baissa pour la ramasser. Un bout de papier brun l'entourait. Il détacha le lien qui le retenait et le déplia.

« Non », murmura-t-il en déchiffrant le message.

Qui ferait une chose pareille?

*Méfie-toi, Nicholas Fear. Tu n'as pas ta place à Shadyside.*

## 20

Nicholas retint son souffle quand Betsy appliqua un tampon d'alcool sur sa plaie. Ça brûlait sacrément.

— Vous devez être prudent à la scierie, lui conseilla-t-elle. Les accidents arrivent si facilement.

— Ça ne s'est pas passé à la scierie, dit-il, les dents serrées. C'était sur le chemin du retour.

Betsy posa le flacon d'alcool sur la table de la cuisine et s'assit sur une chaise à côté de lui.

— On vous a agressé?

— Quelqu'un m'a lancé une pierre. Avec ce message attaché autour.

Il sortit le papier froissé de sa poche et le lui tendit.

Les yeux bleus de Betsy s'écarquillèrent tandis qu'elle prenait connaissance de son contenu.

— Je ne comprends pas pourquoi on me menace ainsi. Je n'ai rien fait pour attirer une telle haine.

— En fait, ce message peut provenir de n'importe qui en ville, déclara Betsy avec regret. Les habitants de Shadyside, en particulier les Goode, ont toujours haï les Fear.

— Pourquoi ? Comment peut-on haïr une famille entière ?

Betsy soupira.

— Il y a une vieille querelle entre les Goode et les Fear. J'ignore comment cela a commencé. Mais il y a beaucoup de haine des deux côtés.

Betsy parut hésiter.

— Dites-moi, la pressa Nicholas.

— On dit que les Fear pratiquaient la magie noire. Beaucoup de gens — pas seulement les Goode — assurent qu'ils organisaient d'étranges cérémonies dans leur demeure. Des cérémonies où il fallait du sang. C'est pourquoi la propriété est construite à l'écart — les Fear voulaient se protéger des regards.

Nicholas ne savait pas quoi dire. Il baissa les yeux sur ses mains. Il ne voulait pas que Betsy voie à quel point ses révélations l'avaient secoué.

— Je devrais nettoyer ce sang, murmura-t-il.

Il avait maintenu une main sur sa plaie tout le long du chemin. Ses doigts étaient couverts de sang séché.

Il se leva et se dirigea vers l'évier. Tout en laissant l'eau couler sur ses mains souillées, il pensait aux paroles de Betsy. Leurs cérémonies nécessitaient du sang. Que se passait-il au juste entre les murs de cette demeure ?

Se savonnant copieusement les mains, il les frotta avec vigueur. Puis il ferma le robinet. Mais il ne revint pas s'asseoir près de Betsy.

Qu'allait-il découvrir d'autre sur la famille Fear ? *Sa* famille ?

— Quoi d'autre ? demanda-t-il à voix basse.

La chaise de Betsy racla le parquet. Elle le rejoignit et posa une main sur son dos.

Il se tendit.

— On dit que deux des enfants de Simon et Angelica ont été retrouvés dans les bois aux alentours de Fear Street. Ils avaient été désossés. C'est du moins le bruit qui court.

Betsy hésita encore, puis poursuivit d'une seule traite.

— On dit que la plupart des Fear sont morts dans d'étranges et horribles circonstances. On dit qu'une malédiction poursuit chacun des membres de cette famille. Mais je ne crois pas à ces sottises, ajouta-t-elle fermement. Et vous ne devriez pas y croire non plus.

Nicholas la regarda par-dessus son épaule.

— Comment savez-vous tout cela sur ma famille ?

— Je suis une Goode — d'une certaine manière. Ma mère était une Goode avant d'épouser mon père.

Betsy tendit le bras et saisit un grand couteau. Elle fit glisser son doigt le long de la lame luisante.

Nicholas ne put s'empêcher de tressaillir.

Elle se tourna vers le plan de travail et entreprit de couper des tomates.

— Ne vous inquiétez pas, le rassura-t-elle. J'aime bien les Fear. Mais évidemment, ce n'est pas le cas de tous les membres de ma famille.

Nicholas regardait les dents de la scie mordre le bois. Cet engin possédait un insatiable appétit. La prudence s'imposait, en effet.

Toute la matinée, Nicholas avait observé les hommes à leur poste de travail. Il avait étudié l'expression de leurs visages, essayant de déterminer si l'un d'entre eux avait jeté la pierre. En vain.

Ike lui tendit une autre planche. Nicholas et lui travaillaient seuls aujourd'hui. Jason faisait équipe avec un ouvrier dont le partenaire habituel était malade.

Nicholas sentit la planche vibrer quand elle entra en contact avec la scie. Lorsque l'extrémité de la planche glissa de la lame, Ike siffla. Nicholas leva les yeux. Ike se frotta le ventre pour indiquer qu'il avait faim. Nicholas sourit, hocha la tête et arrêta la scie.

— On se retrouve dehors ! lui lança Ike en prenant son casse-croûte.

Nicholas alla chercher sa petite boîte en carton et lui emboîta le pas. Aujourd'hui, Betsy avait dessiné des flèches transperçant les cœurs. Il espérait que Jason ne l'avait pas remarqué.

Il s'arrêta devant le tas de bois que Ike et lui couperaient dans l'après-midi et vérifia soigneusement chaque planche. Ike lui avait expliqué ce qui arriverait si la scie passait sur un nœud. Et Nicholas tenait à ne prendre aucun risque.

Il fit glisser ses doigts sur l'une des planches. Le bois était de bonne qualité, lisse et doux. Le genre de bois que l'on pourrait utiliser pour construire sur Fear Street, songea-t-il en sortant.

Ike était assis sur un rondin. Il s'installa à côté de lui.

— Jason ne mange pas avec nous ?

Ike haussa les épaules.
— Il dit qu'il a du travail.
— Tu crois qu'il n'apprécie pas que je vive à l'auberge avec Betsy et sa mère ?
— Possible. Qu'est-ce qu'elle a préparé pour son petit chéri aujourd'hui ?
— Je ne suis pas son chéri, grommela Nicholas.
— Ça c'est toi qui le dis, rétorqua Ike avec un regard malicieux.
Il jeta un coup d'œil vers la boîte.
— Mmmmm. Poulet frit. J'aimerais bien être son chéri si elle cuisinait comme ça pour moi.
Nicholas lui donna un morceau de poulet, et ils mangèrent en silence profitant de la chaleur du soleil.
— Si on changeait les rôles ? suggéra Ike quand ils eurent terminé. Je me mets à la scie et tu me passes les planches.
— D'accord, accepta Nicholas tandis qu'ils retournaient à leur poste. J'ai vérifié les planches avant de sortir déjeuner. Je savais que tu le ferais — mais deux précautions valent mieux qu'une.
— Tu deviens aussi trouillard que Jason, jeta Ike, goguenard. Je plaisante, ajouta-t-il aussitôt. C'est bien de vérifier les choses par toi-même.
Ike se mit en place près de la scie.
— Fais attention aux éclats, lui conseilla-t-il. Ça peut faire un mal de chien.
Ike mit la machine en route.
Nicholas prit une planche et commença à la guider vers Ike.
La scie bourdonnante mordit dans le bois.
Puis elle s'arrêta brutalement.
Ike fronça les sourcils. Il appuya sur la planche.
Elle ne bougea pas.

Ike se pencha un peu plus sur la planche.

La scie sursauta brusquement. Elle traversa le bois.

Ike poussa un long gémissement de douleur.

Le sang jaillit. Il éclaboussa le visage de Nicholas. Trempa sa chemise.

— Ramasse-les ! Ramasse-les ! hurla Ike.

— Quoi ? hurla Nicholas en retour. Je ne comprends pas ce que tu veux.

— Mes doigts ! gémit Ike.

## 21

Nicholas s'accroupit à côté de la scie. Le sang coulait à flots de la main de Ike, rougissant la sciure répandue par terre.

Ravalant son dégoût, il fouilla dans la sciure humide, cherchant désespérément les doigts de son collègue.

— Mes doigts ! hurla encore Ike.

Quelqu'un d'autre cria. Les scies s'arrêtèrent les unes après les autres. Les ouvriers accoururent. Nicholas continuait de tâtonner. La sciure qui pénétrait dans ses yeux rendait la tâche difficile. Puis il les aperçut. Trois doigts avaient été projetés de l'autre côté de l'établi.

Nicholas tendit le bras, son visage pressé contre la sciure gorgée de sang. Il les atteignit de justesse. Puis il se redressa, les doigts encore chauds dans sa main.

— Je les ai, Ike ! s'écria-t-il. Je les ai tous.

Quelqu'un avait entouré la main d'Ike d'un

chiffon. Mais le sang l'avait déjà trempé. Nicholas ôta sa chemise et l'appliqua sur les doigts tranchés de son collègue. Elle se retrouva elle aussi imbibée de sang en quelques secondes.

Ike gémissait de douleur. Son visage était pâle comme la mort.

— Nous allons t'emmener chez le docteur, lui dit Nicholas d'un ton rassurant.

Sans crier gare, Jason surgit, écartant brutalement Nicholas.

— Je savais qu'on ne pouvait pas te faire confiance, tonna-t-il. C'est ta faute.

Sans le quitter du regard, furieux, il banda de nouveau la main de Ike avec sa propre chemise.

— Allez chercher le docteur, ordonna-t-il aux autres ouvriers.

Jason conduisit Ike dans un coin de l'atelier et l'aida à s'allonger par terre. Il ne lâcha pas sa main une seconde, la tenant vers le haut pour limiter l'hémorragie.

Nicholas se sentit coupable.

*Est-ce ma faute ? Ai-je commis une erreur ? J'ai vérifié les planches avant le déjeuner. Elles n'avaient aucun nœud.*

Il remarqua que certains ouvriers le fixaient d'un regard accusateur. *Ils ne devraient pas s'en prendre à moi. La même chose me serait arrivée si j'avais été à la place d'Ike.*

Un frisson le parcourut. Il se souvint de la pierre qu'il avait reçue à la tête. Et du message menaçant qui l'accompagnait.

Quelqu'un avait-il trafiqué la planche pour provoquer l'accident ? Ike et lui n'avaient décidé d'échanger leur place qu'après le déjeuner. Quelqu'un espérait-il que ce serait *Nicholas* qui se blesserait ?

Le lendemain, un calme inhabituel régnait à la scierie. En dépit du vacarme des machines.

Le médecin n'avait pas précisé combien de temps durerait l'absence d'Ike. En fait, il ignorait même s'il pourrait un jour reprendre son travail.

Nicholas avait le moral au plus bas. Ike était son premier véritable ami à Shadyside. Il rendait le boulot agréable. Et c'était volontiers qu'il apprenait à Nicholas les ficelles du métier.

Nicholas aurait fait n'importe quoi pour soulager Ike. Mais il n'y avait rien à faire.

Il faisait équipe avec Jason maintenant. Ce dernier ne lui adressait la parole que pour lui donner des ordres. Quant aux autres ouvriers, ils ne lui parlaient pas du tout.

Nicholas avait du mal à imaginer que Ike ne reviendrait peut-être jamais. Une terrible nausée le prenait dès qu'il se rappelait la main ensanglantée de son ami, son visage tordu de douleur, son hurlement de souffrance... Et tout cela peut-être à cause de lui. Peut-être n'avait-il pas suffisamment vérifié les planches...

Il tâtait avec précaution chacune des planches que lui passait Jason. Il ne voulait surtout pas qu'un autre « accident » se produise.

Aux alentours de midi, Jason termina de guider une planche et s'en alla sans rien dire.

Ce doit être l'heure du déjeuner, pensa Nicholas. Il arrêta la scie. Son bourdonnement continua de résonner dans ses oreilles.

Il sortit et alla s'installer sur le rondin qu'il avait partagé la veille avec Ike. Un profond sentiment de solitude s'empara de lui. Il avait envie que Rosalyn soit là. Il avait besoin de parler à quelqu'un.

Il entendit des pas et leva les yeux. M. Manning venait vers lui, Ruth sur ses talons.

Allait-il le renvoyer ? Le tenait-il lui aussi pour responsable de l'accident ?

M. Manning s'assit sur le rondin. Il laissa échapper un profond soupir.

— Connaissez-vous ma fille ?

— Oui, papa, répondit Ruth avant que Nicholas ait ouvert la bouche. Je l'ai renversé en bicyclette avant qu'il ne commence à travailler à la scierie.

Ruth le regarda timidement, et ils échangèrent un sourire complice.

— Ruth s'occupe de toute ma comptabilité, déclara M. Manning. Elle a l'esprit vif. Elle est très douée pour les chiffres.

Allait-il lui parler de l'accident, oui ou non ?

— Avez-vous quelques notions sur les scieries ?

— J'en apprends un peu plus chaque jour, répondit Nicholas, circonspect.

M. Manning sourit.

— Bien. Mon grand-père a construit cette scierie. Il l'a léguée à mon père, qui me l'a léguée à son tour. Je la léguerai à Ruth quand le temps sera venu. Puis ses enfants en hériteront. Aimez-vous Shadyside ?

Nicholas fut surpris par le brusque changement de sujet.

— Oui, monsieur.

— C'est l'endroit idéal pour un homme qui souhaite s'établir. À condition qu'il trouve la bonne épouse.

Il cligna de l'œil et désigna discrètement Ruth de la tête.

Il veut que je courtise sa fille, comprit soudain Nicholas. Voilà la raison de sa visite.

Pour toute réponse, Nicholas se contenta d'un

sourire poli. Il ne voulait pas offenser son patron, mais il ne voulait pas non plus lui donner de faux espoirs.

Nicholas regarda Ruth. Elle avait la tête baissée, les yeux rivés au sol. Il lui sembla qu'elle avait légèrement rougi.

Elle était gênée. Il se sentait désolé pour elle. Quelle fille voudrait entendre son père pousser un homme à la courtiser?

Ruth leva ses yeux ternes, comme si elle avait senti qu'il la regardait.

« Désolée », articula-t-elle silencieusement.

Nicholas fit une mimique, tentant de lui montrer qu'il comprenait.

— Ruth est ma fierté...

— Papa, prends un sandwich, l'interrompit sa fille.

Elle en sortit un d'une boîte et le lui tendit.

Nicholas se retint à grand-peine d'éclater de rire. Voilà une façon infaillible de faire taire cet homme, se dit-il. Lui remplir la bouche.

Ruth sortit un sandwich pour elle-même et en offrit un à Nicholas.

— Non, merci. J'ai mon déjeuner.

Il sortit sa boîte. Betsy avait dessiné des roses entre les cœurs. Il se sentit ridicule d'exposer ces dessins aux yeux de Ruth et de son père.

Mais ce dernier était trop occupé à manger pour commenter. Il expédia son sandwich en quatre bouchées. Ruth lui en tendit un autre avant qu'il le réclame.

M. Manning donna un coup de coude à Nicholas.

— Vous voyez, elle sait s'occuper d'un homme.

— Papa... protesta Ruth.

Elle s'interrompit et scruta le visage de son père.

— Est-ce que ça va ? demanda-t-elle, visiblement inquiète.

Nicholas se tourna vers M. Manning. Son teint était verdâtre. Et de petites gouttes de sueur perlaient sur son front.

— Vous avez l'air malade.

— Pas du tout, grommela M. Manning en sortant un mouchoir de soie pour s'éponger le front. Je mange trop vite, c'est tout. Il n'y a pas de quoi s'alarmer.

— Le déjeuner est-il bon, Nicholas ? demanda une voix claire et enjouée.

Betsy ! Elle arrivait de son pas alerte, ses cheveux blonds s'agitant en cadence.

Nicholas lui sourit. Elle portait une robe blanche à pois rouges, ornée d'une profusion de rubans et de dentelle. Rosalyn ne porterait jamais ce genre de robes, pensa-t-il. Elle trouvait que cela transformait les filles en grandes poupées.

Et Ruth serait carrément ridicule dans une telle tenue. Elle ne ferait qu'accentuer sa timidité et l'absence d'expression de ses yeux noirs.

Mais sur Betsy cette robe était parfaite.

— Le déjeuner est délicieux, lui répondit-il. Merci de l'avoir préparé.

— J'aime m'occuper de vous.

M. Manning se racla la gorge.

— Vous êtes ravissante aujourd'hui, dit doucement Ruth.

— Merci, répondit Betsy. C'est gentil de me le dire.

Elle redressa la bordure de dentelle d'un de ses poignets et regarda Nicholas, dans l'attente d'un commentaire de sa part.

— Ruth a raison, dit-il pour ne pas blesser ses sentiments. C'est une jolie robe.

Il espérait que Betsy ne se faisait pas d'illusions sur lui. Il décida de s'en assurer en lui parlant de Rosalyn le soir même. Peut-être deviendraient-elles amies quand il amènerait Rosalyn à Shadyside...

— Je vais vous préparer mes beignets collants, recette spéciale pour le dessert de ce soir, promit Betsy avec son franc-parler habituel. Et je...

— Betsy ! l'appela Jason, appuyé contre un arbre près de l'entrée de la scierie. Viens ici !

— J'imagine que je ferais mieux d'y aller, dit-elle en faisant la moue.

Elle adressa un clin d'œil à Nicholas.

— Rentrez vite après le travail. Ma mère est partie rendre visite à sa sœur, alors nous pourrons manger en tête à tête — quand j'aurai servi les autres pensionnaires.

Elle se dirigea vers Jason. Celui-ci fixait Nicholas d'un œil mauvais. Puis il prit Betsy par l'épaule et lui parla, le visage déformé par la rage.

Il lui conseille sûrement de ne pas m'approcher, pensa Nicholas.

Nicholas se dépêcha de quitter la scierie dès qu'il eut guidé la dernière planche sous la scie.

Il lui tardait d'échapper aux regards hostiles des ouvriers. Aucun d'eux ne l'avait ouvertement accusé, mais ils le tenaient tous pour responsable de l'accident.

Et puis Betsy l'attendait.

Il se hâta de regagner l'auberge et contourna le bâtiment pour entrer par la cuisine. L'odeur de levure l'accueillit dès qu'il ouvrit la porte.

Il sourit. Betsy s'était manifestement activée.

Laissant la porte ouverte, il pénétra dans la pièce. Une vague de chaleur le frappa en plein visage.

Comment supportait-elle une telle température ? Le four avait dû fonctionner pendant des heures.

— Betsy ?

L'odeur de levure était omniprésente dans la cuisine. Mais Nicholas en sentit une autre.

Le doux parfum de la cannelle et du sucre mélangés avec quelque chose de... pourri.

— Betsy ? appela-t-il de nouveau.

Puis il la vit.

— Nooon ! hurla-t-il.

Betsy était recroquevillée sur le sol de la cuisine. Les mains attachées derrière le dos.

## 22

Nicholas se précipita vers Betsy. Il détacha fébrilement ses mains.

Puis il la fit doucement rouler sur le dos.

Son estomac se souleva quand il vit son visage.

Son joli visage parsemé de taches de rousseur. Il était gonflé. Horriblement boursouflé.

Ses yeux étaient à peine visibles. La peau autour avait tellement gonflé qu'ils étaient presque entièrement fermés.

— Betsy, m'entendez-vous ?

Il lui prit le poignet, essayant de sentir son pouls.

Puis il remarqua quelque chose de blanc enfoncé dans sa bouche. Il lâcha son poignet. Luttant contre sa répugnance, il lui écarta les lèvres et les dents.

La substance blanche et gluante gonfla hors de sa bouche.

De la pâte.

Nicholas examina son nez. Il était lui aussi plein d'épaisse pâte blanche.

Quelqu'un avait rempli de pâte la bouche et le nez de Betsy. Et l'avait laissée près du four, les mains ligotées.

Quand la pâte avait levé, elle s'était étouffée.

— Oh, Betsy, quelle horreur! murmura-t-il d'une voix altérée.

Il se leva, hésitant sur la démarche à suivre.

Qui avait fait subir ce supplice à Betsy? Quel genre d'ennemis pouvait avoir une fille comme elle?

Brusquement, il se rappela Jason agrippant Betsy par les épaules. Il avait l'air si furieux. Pouvait-il être assez jaloux pour...

Non. Nicholas ne connaissait Jason que depuis quelques jours mais il savait qu'il n'était pas capable d'une telle atrocité. Pas le prudent Jason. Si soucieux de respecter les règles.

L'écœurante odeur douceâtre l'assaillit de nouveau. Et cette fois il la reconnut. L'odeur de pourriture. L'odeur de la mort.

Nicholas sortit de la cuisine en titubant, claquant la porte derrière lui.

Il se laissa tomber sur l'herbe devant la maison et aspira profondément l'air pur. Il devait se débarrasser de cette odeur... Cela lui faisait penser à sa mère. À la nuit de sa mort.

Sa mère avait consciencieusement pris soin de le tenir à l'écart de Shadyside. Elle ne lui avait même pas révélé son véritable nom. Croyait-elle au mauvais sort des Fear?

Une terrible pensée lui vint à l'esprit. Betsy serait-elle encore vivante si elle n'avait pas accueilli un Fear chez elle ? L'accident d'Ike aurait-il eu lieu si Nicholas était resté à Shadow Cove ?

Quel serait le prochain malheur ? Qui serait touché cette fois ? Une mort horrible attendait-elle Nicholas lui-même à Shadyside ?

Maintenant, il comprenait pourquoi on lui avait lancé une pierre. Il n'était là que depuis quelques jours, mais il semblait avoir apporté le malheur avec lui.

Nicholas enfouit son visage dans ses mains. Que faire ? Vers qui se tourner ?

M. Manning. Peut-être pourrait-il l'aider à éclaircir la situation. Au moins ne l'avait-il pas accusé de l'accident d'Ike. Et il lui avait offert un travail sans même le connaître.

Nicholas se leva et se dirigea vers la route. Puis il s'arrêta. Il lui restait une chose à faire avant de partir.

Il se força à retourner dans la cuisine. Ôtant la nappe de la table, il en recouvrit doucement le corps de Betsy.

Puis il s'en alla sans un regard en arrière.

Nicholas courut tout le long du trajet menant chez les Manning. Mais il ne courait pas assez vite pour échapper à la vision du visage boursouflé de Betsy. Ou au sentiment qu'il était, d'une certaine façon, responsable.

Il passa en trombe le portail des Manning et se hâta vers le perron. Il saisit le heurtoir et le laissa retomber plusieurs fois. Mme Baker ouvrit prudemment la porte, puis leva vers lui des yeux effrayés.

— Je suis Nicholas Fear, madame Baker. Puis-je voir M. Manning ?

— Il ne se sent pas bien ce soir, répondit-elle, hésitante.

— S'il vous plaît, laissez-moi le voir. C'est très important.

Elle ouvrit un peu plus la porte.

— Entrez.

Les flammes des lampes à huile vacillèrent quand il pénétra dans le hall.

— Suivez-moi, dit Mme Baker en gravissant l'escalier sombre.

Elle s'arrêta devant une porte en chêne.

— C'est ici.

Nicholas frappa à la porte, puis entra.

M. Manning était au lit, les couvertures remontées jusqu'au menton.

— Mon cher ami, quel plaisir de vous voir !

Nicholas traversa la pièce. M. Manning lui tendit la main. Quand il la serra, il sentit qu'elle tremblait. Et qu'elle était froide. Trop froide.

Nicholas s'assit dans le fauteuil placé près du lit. L'apparence de M. Manning l'épouvanta. Sa peau était encore plus verdâtre qu'à l'heure du déjeuner. Il était en sueur. Ses lèvres se craquelaient tant elles étaient sèches.

— Je suis navré que vous soyez malade.

M. Manning roula la tête d'un côté puis de l'autre.

— Juste un coup de froid. Je serai rétabli dans un jour ou deux. Qu'est-ce qui vous amène ?

Nicholas ne savait comment annoncer cela.

— Betsy est morte, lâcha-t-il finalement.

Puis il décrivit ce qu'il avait vu à l'auberge.

— Je ne savais pas quoi faire, conclut-il. Je ne savais pas où aller.

— Vous avez bien fait de venir ici, lui assura M. Manning.

Il se tourna sur le côté et attrapa la main de Nicholas. Il la serra fort, avec plus de force que Nicholas ne l'aurait imaginé.

— Restez ici cette nuit, lui proposa-t-il d'un ton pressant. S'il vous plaît. Nous avons une chambre libre. Qu'arriverait-il si quelqu'un venait s'en prendre à ma chère Ruth ? Je suis trop malade pour la protéger. Je vous en prie, restez jusqu'à mon rétablissement.

Nicholas acquiesça de la tête.

— Vous avez été si bon envers moi. Comment pourrais-je refuser ?

Il se leva.

— Je vous laisse vous reposer maintenant.

La respiration sifflante de M. Manning ne lui disait rien qui vaille.

— Envoyez Mme Baker prévenir le prêtre, pour Betsy, dit le vieux monsieur d'une voix essoufflée. J'ai besoin de vous ici. Ruth n'est pas en sécurité. Pas après ce qui est arrivé à la pauvre Betsy.

Nicholas et Ruth assistèrent ensemble aux funérailles de Betsy. C'était la seule façon d'honorer sa promesse envers M. Manning — et d'agir comme il pensait que Betsy l'aurait souhaité.

La cérémonie sembla durer une éternité. Mais finalement on ferma le cercueil. Nicholas n'avait pas eu le courage de s'en approcher, il voulait garder le souvenir du visage de Betsy tel qu'il était avant le meurtre, beau et pétillant de vie.

Des larmes lui piquaient les yeux. Ruth pleurait à côté de lui, et Mme Winter sanglotait.

Il tourna légèrement la tête. Jason était assis de l'autre côté de l'allée centrale, ses yeux bleus rivés sur lui. Son visage exprimait tout son ressentiment. Et sa haine.

Quand la messe fut terminée, Nicholas se leva et entraîna rapidement Ruth hors de l'église.

Il avait besoin de voir le soleil. De respirer.

Une main puissante s'abattit sur lui et le força à se retourner.

Il se retrouva face au visage impitoyable de Jason.

— C'est vous qu'on aurait dû enterrer aujourd'hui — pas ma cousine, cracha-t-il d'une voix sourde.

## 23

Le cœur de Nicholas battait fort. Si fort qu'il n'entendait plus rien d'autre.

Jason était le cousin de Betsy — cela signifiait-il qu'il était un Goode ? Était-ce pour cette raison qu'il détestait tant Nicholas ?

Jason se rapprocha. Son visage n'était plus qu'à quelques centimètres de celui de Nicholas.

— Vous avez tué Betsy.

Nicholas ne recula pas. Il soutint son regard.

— Je n'ai pas tué votre cousine, martela-t-il avec une lenteur calculée.

— L'union d'une Goode et d'un Fear ne peut aboutir qu'au malheur, insista Jason. Je suis un Goode. Je connais l'histoire de ma famille. J'ai prévenu Betsy, mais elle n'a pas voulu m'écouter.

Nicholas remarqua ses poings serrés.

— Frappez-moi, si cela peut vous soulager, le défia-t-il.

Il entendit Ruth pousser un petit cri d'effroi derrière lui.

Il se rapprocha de Jason.

— Cela ne ramènera pas Betsy, mais allez-y.

Jason se tendit, comme un fauve prêt à bondir sur sa proie.

— Surveillez vos arrières, Nicholas Fear, dit-il avec un calme inquiétant. Parce que je vous promets que je n'aurai de cesse que vous ayez quitté cette ville.

Sur ce, il pivota et s'en alla à grands pas.

Nicholas regarda autour de lui. Tout le monde le fixait. Certains avaient l'air en colère. D'autres semblaient effrayés. D'autres encore paraissaient curieux.

Combien d'entre vous êtes des Goode ? avait-il envie de leur demander. Combien d'entre vous me haïssent pour la simple raison que je m'appelle Fear ?

Il croisa un à un chaque regard. Les Fear étaient peut-être maudits. Mais il n'avait pas tué Betsy. Non, quelqu'un d'autre à Shadyside avait commis ce crime odieux. Quelqu'un qui incarnait le mal.

Les uns après les autres, les gens se détournèrent et s'en allèrent.

— Rentrons, murmura Nicholas à Ruth.

Le silence de Ruth durant le trajet du retour lui convint parfaitement. Il n'avait aucune envie de parler.

Quand ils atteignirent le grand portail de la maison Manning, Ruth posa une main sur son bras et leva vers lui ses yeux sans expression.

— Je suis désolée, souffla-t-elle avant de pousser le portail.

Nicholas la suivit dans l'allée.

— Il ne sait rien de moi, déclara-t-il.

Ruth se retourna.

— Qui ?

— Jason Goode. Il ne sait pas que ma mère était une Goode. Exactement comme lui.

— Pourquoi ne le lui avez-vous pas dit ?

— Pourquoi lui devrais-je des explications ? s'emporta-t-il. Il m'a accusé du meurtre de Betsy sans me poser une seule question. Tous les habitants de cette ville ont décidé de me haïr — alors que la plupart ne m'ont encore jamais adressé la parole.

— Pas tous, lui rappela doucement Ruth.

Nicholas se sentit aussitôt honteux.

— Non. Vous avez raison. Votre père et vous avez toujours été bons envers moi.

— Mon père vous tient en haute estime, affirma Ruth alors qu'ils approchaient de la maison. Il veut tout vous apprendre du négoce du bois.

Elle a raison, pensa Nicholas. Je resterai à Shadyside. Je travaillerai pour M. Manning jusqu'à ce que je puisse payer les arriérés d'impôts de la propriété des Fear. Puis je construirai une demeure si vaste que plus personne ne risquera d'oublier qu'il y a un Fear ici.

Ruth ouvrit la porte et ils entrèrent. Quand Nicholas l'aida à ôter son manteau, il crut de nouveau la voir rougir.

*Pauvre Ruth. Elle n'est pas habituée à la moindre attention de la part d'un homme.*

— Je vais prendre des nouvelles de papa, dit-elle, les yeux baissés.

— Merci d'avoir assisté à l'enterrement avec moi, lui lança Nicholas tandis qu'elle se dirigeait vers l'escalier.

Ruth hocha légèrement la tête en réponse.

Nicholas suspendit son manteau et enleva le sien.

C'est alors qu'un cri retentit à l'étage.
Ruth !
Nicholas lâcha son manteau et se précipita dans l'escalier.
Ruth dévalait les marches. Des larmes inondaient ses joues blêmes.
Nicholas l'attrapa par les épaules.
— Qu'est-ce qu'il y a, Ruth ?
— Mon père... souffla-t-elle, les lèvres tremblantes. Mon père est mort !

## 24

Quelques heures plus tard, Nicholas était assis près de Ruth dans le sofa du salon. Elle serrait une tasse de thé entre ses mains, si fort que les jointures de ses doigts étaient blanches.

Nicholas ne trouvait pas les mots pour la réconforter. Alors il gardait le silence. Mais ses pensées bouillonnaient. Il s'était passé tant de choses en si peu de temps à Shadyside. Il y avait eu tant de morts.

— J'ai quelque chose à vous dire, Nicholas, déclara Ruth les yeux baissés sur sa tasse.

Elle semblait hésiter.

— Je vous écoute, murmura-t-il pour l'inciter à poursuivre.

— Je ne sais pas comment commencer, confessa-t-elle.

Nicholas réprima un gémissement de lassitude. Il avait envie d'être seul. Il avait besoin de réfléchir, de décider de la conduite à tenir.

Mais il ne pouvait pas abandonner Ruth en un pareil moment.

— Vous pouvez me parler en toute confiance, affirma-t-il pour la rassurer.

— Le dernier vœu de mon père était que je vous épouse, lâcha-t-elle d'une traite.

— Quoi ?

— J'étais aussi choquée que vous, s'empressa-t-elle de préciser en posant sa tasse et en tournant la tête vers lui. Hier soir, alors que j'étais assise près de lui, il a commencé à évoquer sa mort. Je lui ai dit d'arrêter ses sottises. Mais il a continué. Il a dit qu'il voulait que nous nous mariions s'il lui arrivait malheur.

Nicholas baissa la tête, les yeux fixés sur ses chaussures. Il percevait la douleur dans sa voix. Elle était blessée. Il ne voulait pas la blesser davantage.

Mais il ne pouvait pas l'épouser.

L'idée même de toucher sa peau froide et moite lui donnait le frisson. Et ses yeux de poisson mort le révulsaient.

Il devait lui parler de Rosalyn. Alors, elle comprendrait. Elle ne saurait jamais qu'il ne l'aurait de toute façon pas épousée en d'autres circonstances.

— Je sais que vous ne m'aimez pas, souffla-t-elle. Je ne vous aime pas non plus.

Nicholas la regarda avec surprise. Peut-être ne tenait-elle pas à l'épouser ! Il la convaincrait que son père n'aurait pas souhaité qu'elle se marie sans amour.

— Mais nous nous entendons bien, poursuivit-elle. J'ai beaucoup d'argent. Vous n'auriez pas à vous inquiéter à ce sujet.

Elle le regarda d'un air implorant.

Nicholas se leva et se dirigea vers la cheminée. La voix de Ruth reflétait une profonde tristesse. Vivre seule dans cette immense demeure ne serait sans doute pas facile pour elle. Mais que pouvait-il y faire ?

Il se tourna vers elle ; il avait décidé de ne pas évoquer Rosalyn. Cela ne ferait qu'augmenter sa tristesse.

— Je suis navré, mais je ne crois pas que nous serions heureux ensemble.

— Vous avez probablement raison. Il fallait cependant que je vous pose la question.

Elle poussa un lourd soupir.

— Je devais bien cela à mon père.

Un grand soulagement envahit Nicholas.

— Je vous aiderai du mieux que je pourrai, lui promit-il. Moi aussi, je dois bien cela à votre père.

Ruth se leva et acquiesça de la tête. Quand elle reprit la parole, sa voix était calme et posée.

— Vous pouvez rester ici le temps qu'il vous conviendra.

— Je ne pense pas que ce serait correct...

— Non, l'interrompit-elle. Mon père aurait voulu que vous restiez. Si vous ne le faites pas pour moi, alors je vous prie de le faire pour lui.

— Très bien, accepta Nicholas à contrecœur.

Un pitoyable sourire étira les lèvres de Ruth.

— Merci. J'ai une terrible migraine. Je vais aller m'allonger un peu. Faites comme chez vous.

Nicholas la regarda sortir lentement de la pièce. Elle avait l'air si fatiguée, si fragile. La mort de son père était un terrible coup pour elle.

Et pour lui.

M. Manning aurait pu le renvoyer le jour où il avait fait irruption chez lui en exigeant qu'il lui rende sa fortune. Au lieu de cela, il lui avait donné un travail.

Le ventre de Nicholas se noua. M. Manning était-il une autre victime du mauvais sort des Fear ?

Le malheur s'était abattu sur chacune des personnes qui lui avaient témoigné de la sympathie depuis son arrivée à Shadyside. Ike. Betsy. M. Manning.

Non, c'était impossible. Le mauvais sort ne pouvait pas tout expliquer.

Il y avait une autre explication, beaucoup plus plausible.

Jason Goode.

Jason le haïssait. Depuis le début.

Non, se souvint-il. Pas depuis le tout début. Depuis l'instant où il avait découvert qu'il était un Fear.

*Il s'était montré aimable jusqu'à ce que Betsy arrive avec mon déjeuner. J'avais mis son hostilité sur le compte de la jalousie. Mais il ne savait pas que j'étais un Fear avant que Betsy utilise mon nom devant lui. C'est alors que son attitude avait changé.*

*Jason savait que M. Manning m'estimait et nourrissait des projets pour moi. Il n'a pas pu le supporter. Alors, il l'a tué.*

*Mais Ike et Betsy ? Jason les aimait. Sa haine envers les Fear était-elle puissante au point de l'inciter à tuer son ami et sa propre cousine ?*

*Il avait probablement prévu que ce serait moi, et non Ike, qui manipulerais la scie. J'étais nouveau. Il n'avait pas imaginé que Ike me proposerait si vite d'échanger nos postes.*

*Jason me visait* moi — *pas Ike.*

*Mais Betsy ?*

*Jason voulait la tenir à l'écart de moi. Dès qu'il*

*nous voyait ensemble, il se débrouillait pour l'éloigner. Peut-être ne supportait-il pas l'idée que Betsy puisse envisager d'épouser un Fear. Peut-être a-t-il préféré qu'elle meure.*

*Il ne s'en sortira pas comme cela. Il devra confesser ses crimes.*

*Et payer pour les vies qu'il a prises.*

## 25

Nicholas ne frappa pas à la porte de Jason. Il l'ouvrit à la volée et entra. Jason se tenait près de la cheminée, remuant les braises avec un tisonnier. Il fit volte-face.

— Qu'est-ce que vous fichez ici ? demanda-t-il sèchement.

— Je suis venu chercher des réponses, répondit Nicholas sur le même ton. Je veux savoir ce que vous avez ressenti quand le sang a giclé de la main d'Ike — par votre faute.

Les yeux de Jason s'assombrirent de fureur et de haine.

— C'était votre faute ! hurla-t-il. C'est vous qui...

— Je veux savoir ce que vous avez ressenti en tuant Betsy, l'interrompit Nicholas, imperturbable. Votre propre cousine.

— Nooooon ! c'est vous qui avez tué Betsy !

Il se rua sur Nicholas en brandissant le tisonnier.

Nicholas plongea, le saisit aux jambes et le plaqua au sol.

Le crâne de Jason heurta brutalement la dalle en pierre. Mais cela ne l'arrêta pas. Il roula sur lui-même et se mit à califourchon sur Nicholas, le clouant au sol. Il leva le tisonnier au-dessus de sa tête, prêt à frapper.

Faisant appel à toutes ses forces, Nicholas se souleva à demi, ce qui déséquilibra Jason. Le tisonnier lui échappa, rebondit à travers la pièce et atterrit près de la porte.

Nicholas en profita pour se dégager. Il se redressa et planta un genou sur le ventre de Jason. Il le saisit à la gorge.

— Avouez !

Jason essaya de parler, mais ne put produire qu'une sorte de râle assourdi.

Nicholas relâcha un peu sa prise, sans pour autant le libérer.

— Avouer quoi ? articula péniblement Jason.

— Vous avez tué M. Manning et Betsy ! Vous avez provoqué l'accident à la scierie. Vous vouliez que je quitte Shadyside. Alors, vous vous en êtes pris à tous ceux qui me témoignaient de la sympathie.

— Je voulais que vous partiez, admit Jason. Et c'est moi qui vous ai jeté la pierre à la tête — je regrette aujourd'hui que ça ne vous ait pas tué. Mais c'est tout ce que j'ai fait.

— Vous êtes un menteur.

Nicholas enfonça un peu plus son genou dans son ventre. Jason grogna de douleur.

— Dites-moi la vérité !

— C'est la vérité. Je n'aurais pas tué des innocents — même pour vous nuire. Et sûrement pas Betsy.

Des larmes brillèrent dans ses yeux.

— J'aimais Betsy. Elle n'a jamais fait de mal à personne. Quelqu'un l'a tuée. Mais ce n'est pas moi.

Nicholas le considéra longuement. Était-il possible qu'il dise vrai ?

— Qui l'a tuée, alors? demanda-t-il en le relâchant.

Ils se relevèrent sans se quitter des yeux.

— Vous! persista Jason.

— Non! La haine vous aveugle. Pourquoi aurais-je tué M. Manning et Betsy?

— Vous avez assassiné Betsy parce qu'elle était une Goode. Les Fear n'ont jamais eu besoin d'une raison pour tuer les Goode.

— Ma mère était une Goode, explosa Nicholas. Une Goode qui a épousé un Fear.

— Je ne vous crois pas, riposta Jason, mais la colère avait déserté sa voix. Je vais démasquer l'assassin de Betsy. Si vous m'avez menti, si je découvre que c'est vous, je vous le ferai payer cher.

— Très bien, consentit Nicholas. Et si je découvre que c'est vous l'assassin, je vous tuerai.

Ils se mesurèrent un long moment du regard. Puis Nicholas se détourna pour partir.

Au moment où il passait la porte, quelqu'un surgit de l'ombre et se rua dans la pièce.

## 26

Ruth! Que faisait-elle ici?

Elle s'empara du tisonnier par terre.

— Arrêtez! cria Nicholas.

Mais Ruth n'hésita pas une seule seconde. Elle prit son élan et planta le tisonnier dans la gorge de Jason.

Le sang jaillit jusqu'au mur.

Jason tituba en arrière et s'effondra au sol. Les

mains agrippées à sa gorge, il cherchait désespérément de l'air.

Nicholas se précipita vers Ruth et l'attrapa par les épaules. Elle se dégagea avec un cri sauvage. Nicholas la regarda avec horreur finir d'enfoncer le tisonnier dans la gorge de Jason, comme une vrille.

Elle était folle. Complètement folle.

Ruth n'avait plus rien de la jeune fille effacée que Nicholas connaissait. La mort de son père l'avait-elle fait sombrer dans la démence ? Ou avait-elle toujours caché cette folie au plus profond d'elle-même ?

Du sang jaillit de la bouche de Jason.

Il regardait Nicholas, une expression de stupeur figée sur le visage.

— Maintenant, vous devrez m'épouser, déclara Ruth.

Elle lâcha le tisonnier et se retourna, un sourire triomphant aux lèvres.

— Ruth ! Pourquoi l'avez-vous tué ? *Pourquoi ?*

Les yeux de Ruth se plantèrent dans les siens. Plus aucune trace de timidité dans ce regard.

— Pour que vous soyez pendu pour meurtre si vous ne m'épousez pas, expliqua-t-elle d'une voix assurée. Je jurerai que vous avez tué Jason. Et ce sera votre parole — la parole d'un étranger, d'un Fear — contre la mienne.

— Vous avez tué Jason pour me forcer à vous épouser ? répéta-t-il, incrédule.

Elle leva le menton d'un air de défi.

— J'ai décidé que je voulais vous épouser le jour où je vous ai percuté avec ma bicyclette. Et j'obtiens toujours ce que je veux.

— Même si cela doit coûter la vie à un innocent ? Quelle sorte de femme êtes-vous ?

Son cœur battait à tout rompre. Il avait l'impression de vivre un cauchemar. Un cauchemar éveillé. Ruth. Ruth la fragile, Ruth la réservée... était une dangereuse criminelle.

— Jason n'est pas le seul que j'ai tué pour vous avoir, répliqua Ruth d'un ton désinvolte. J'ai assassiné Betsy. J'ai empoisonné mon père. Et j'ai organisé l'accident d'Ike.

Nicholas se sentit soudain faible. Que disait-elle ? Comment pouvait-elle lui avouer avec autant de calme qu'elle avait assassiné son propre père ?

— Pourquoi, Ruth ? Pourquoi ?

— Je ne voulais pas que vous puissiez vous tourner vers quiconque — à part moi. Je voulais vous isoler. Ainsi vous dépendriez de moi pour tout.

Elle avait l'air satisfaite d'elle-même. Elle ne voyait strictement rien de mal à ce qu'elle avait fait. Elle voulait quelque chose — et elle avait fait ce qu'il fallait pour l'obtenir. Limpide.

Cette fille était le mal incarné.

— Vous disiez que c'était le dernier souhait de votre père, lui rappela-t-il dans un souffle.

Elle haussa les épaules.

— Cela aurait probablement été son souhait — s'il avait eu assez de forces pour émettre le moindre souhait.

Ruth se dirigea vers la porte d'un pas déterminé.

— Plus de questions, Nicholas, décréta-t-elle. Les détails importent peu maintenant. Tout ce qui compte, c'est que je veux me marier immédiatement.

— Je ne vous épouserai pas.

La seule idée de passer sa vie entière avec Ruth lui donnait la nausée.

— Oh si, vous le ferez ! L'alternative est la mort.

À la stupeur de Nicholas, des larmes emplirent les yeux de Ruth et roulèrent sur ses joues. Que se passait-il ?

Elle lui sourit.

— Je peux pleurer sur commande, et je pleurerai constamment à la barre des témoins. Je leur dirai combien mon père a été bon pour vous et comment vous l'avez récompensé de sa bonté en l'empoisonnant. Je dirai au juge que vous avez tué Jason parce qu'il avait découvert la vérité.

Elle essuya ses larmes et ses yeux se séchèrent instantanément.

Elle mettrait sa menace à exécution. Il n'y avait aucun doute là-dessus. Si Nicholas ne se soumettait pas à sa volonté, elle le conduirait à la potence. Comment pouvait-il échapper à un piège pareil ?

— Quelle est votre décision ? demanda-t-elle. Choisissez-vous de mourir ou de m'épouser ?

Tandis que Ruth attendait sa réponse, une idée germa dans l'esprit de Nicholas.

Une idée forte.

Une idée diabolique.

## 27

— Quelle est votre décision ? répéta froidement Ruth.

Mourir ! hurla en lui-même Nicholas. Plutôt mourir que de vous épouser !

Ruth avait mené son jeu. Elle l'avait dupé, manipulé. Elle n'était pas la pitoyable et timide jeune fille qu'il avait cru qu'elle était.

Mais Nicholas pouvait aussi entrer dans ce jeu-là. A ceci près qu'il devait prévoir d'en changer les règles à sa convenance.

Il regarda le corps de Jason, comme s'il considérait ses options. Puis il croisa le regard de Ruth et sourit.

— Je vous épouserai.

Mais ensuite, je vous tuerai, et je m'emparerai de votre fortune, ajouta-t-il silencieusement. Et avec votre argent j'épouserai Rosalyn et je lui offrirai tout ce qu'elle mérite.

Ruth se chargea entièrement des préparatifs du mariage. Deux jours plus tard, Nicholas et elle se présentaient devant le pasteur. Elle avait déclaré qu'elle pleurait encore la perte de son père et qu'elle souhaitait par conséquent une cérémonie discrète. L'épouse du pasteur et Mme Baker étaient les deux seuls témoins.

Le ministre du culte commença à énumérer les serments du mariage. Ruth les répéta après lui d'une voix forte et claire. Nicholas lui adressa un sourire sans émotion. *Tu penses avoir gagné, Ruth. Il me tarde de voir la surprise sur ton visage quand tu réaliseras à quel point « jusqu'à ce que la mort nous sépare » est actuel.*

Le pasteur se tourna vers Nicholas. Ce dernier répéta les serments d'une voix neutre. Il ne voulait surtout pas éveiller les soupçons de Ruth.

Puis le révérend engagea Nicholas à offrir à Ruth un gage de son amour. Ruth déclara ne pas vouloir de bague. Elle voulait l'amulette.

Nicholas détestait l'idée que le bijou préféré de Rosalyn se retrouve au cou de Ruth. Qu'il touche sa peau glacée. Mais elle ne le porterait que peu de temps, se rappela-t-il. Il prit une profonde inspiration et passa la chaîne en argent autour du cou de Ruth.

— Vous pouvez embrasser la mariée, maintenant, déclara le révérend en souriant.

Nicholas se pencha vers Ruth. Puis il s'écarta brusquement. Quelque chose de bizarre se passait sur son visage. La peau semblait *bouger.*

Des vers. Des vers blancs entraient et sortaient de sa bouche et de son nez. Grouillaient partout.

Ruth tendit la main et attira son visage vers le sien.

## 28

Ruth sourit, et ses dents étaient noires. Elles se détachèrent et roulèrent sur le sol avec un petit bruit sec.

La peau de son visage n'était que lambeaux. Il vit les os de sa face et une partie de son crâne. Un de ses yeux pendait hors de son orbite.

Ruth lui offrit ses lèvres.

Je ne peux pas l'embrasser, pensa Nicholas. Je ne peux pas.

La vision d'horreur s'évanouit soudain. Ruth retrouva son apparence habituelle.

— Embrassez-moi, Nicholas, dit-elle avec douceur.

Mais il savait que c'était un ordre.

Tu seras débarrassé d'elle cette nuit, se dit-il pour se donner du courage. Elle mourra cette nuit.

Il effleura rapidement ses lèvres. Elles étaient froides — comme le reste de sa personne.

*Mais elles seront encore plus froides demain matin. Et je ne serai plus jamais forcé de les embrasser.*

— Je suppose que vous annoncerez votre mariage à la communauté, déclara le pasteur après leur avoir souhaité beaucoup de bonheur.

— Oui, nous le ferons, lui assura Ruth. Je sais que nous aurions dû attendre, mais notre mariage était le dernier souhait de mon père.

Nicholas lui prit la main, se forçant à tenir son rôle.

— Oui, ajouta-t-il. Il était important pour nous deux d'honorer ce souhait.

Le révérend hocha la tête en signe d'approbation.

— Vous désirez sûrement être seuls maintenant, dit-il en guidant sa femme et Mme Baker vers la porte.

Nicholas se sentit soulagé quand elle se referma derrière eux. Il se tourna vers Ruth.

— J'ai monté une bouteille de champagne de la cave de votre père. J'ai pensé que nous pourrions porter un toast.

— Oh, Nicky ! C'est merveilleux ! Je cours me changer et je reviens.

Elle se précipita vers sa chambre.

Nicky. Je déteste ce diminutif, pesta Nicholas en allant à la cuisine. Je déteste ses manières de petite fille stupide. Elle sait que je l'ai vue enfoncer le tisonnier dans la gorge de Jason. Elle sait que j'ai vu de quelle manière horrible elle a tué Betsy. Pourquoi se fatigue-t-elle à simuler ?

Il regarda dehors par la fenêtre de la cuisine. Un orage se préparait.

Il prit deux coupes. Il sortit le sachet de mort aux rats de sa poche et le versa dans l'une d'elles. Puis il remplit les coupes de champagne.

Le vendeur à Waynesbridge lui avait assuré que cette dose était largement suffisante pour régler ses problèmes de rongeurs. Si le poison pouvait tuer tous les rats d'une grange, il pouvait tuer Ruth.

Nicholas emporta les coupes au bureau. Puis il s'installa dans l'un des fauteuils de cuir pour attendre Ruth.

Le ciel s'assombrissait de minute en minute. La pluie se mit à tomber.

— Vous avez l'air si sérieux, Nicky, le gronda Ruth. À quoi pensez-vous ?

Nicholas tourna la tête. Elle se tenait sur le seuil de la pièce, un petit gâteau de mariage dans les mains.

Un éclair jaillit, et les pierres bleues de l'amulette étincelèrent.

L'heure est venue de jouer le jeu, se dit Nicholas.

Il se força à lui adresser un sourire rayonnant.

— Je pensais juste à la bonne idée que j'avais eue de venir à Shadyside.

Souriante, Ruth posa le gâteau sur le bureau. Puis elle vint se placer derrière lui et glissa ses mains sur ses épaules.

— Comme c'est charmant de votre part de comprendre si vite que vous serez heureux avec moi.

Nicholas renversa la tête en arrière et plongea ses yeux dans les siens.

— Vous aviez raison, Ruth. Nous nous entendons bien. Nous sommes faits pour vivre ensemble.

Il se leva.

— Portons notre toast.

*Sois prudent. Ruth est intelligente. Si elle remarque que tu te comportes bizarrement, ce sera fichu. Elle peut encore dire à la police que tu as tué Jason.*

Il lui tendit une coupe, et prit l'autre. Sa main n'avait pas tremblé. Parfait.

— Je n'ai jamais bu de champagne, Nicky ! s'exclama-t-elle. C'est tellement romantique.

— Je suis heureux que vous buviez votre première coupe avec moi.

Et pour une fois, il était sincère. Au moins ne remarquerait-elle rien, si le champagne avait un goût inhabituel.

Il leva son verre.

— À notre mariage !

Il commença à prendre une gorgée.

— Non ! s'écria Ruth.

Il se figea.

— Qu'y a-t-il ?

— Nous devons entrecroiser nos bras. Puis je boirai dans votre coupe, et vous boirez dans la mienne. Je l'ai lu dans un roman.

Elle s'approcha et enroula son bras autour du sien.

La coupe empoisonnée se trouvait à quelques centimètres des lèvres de Nicholas. Son cœur fit un bond dans sa poitrine. Que pouvait-il faire ?

Un coup frappé à la porte d'entrée retentit.

Sauvé !

— Je vais répondre, proposa-t-il avec empressement.

Ils décroisèrent leurs bras, et Nicholas posa sa coupe sur le bureau.

Cette nuit serait sans doute la plus longue de sa vie, se dit-il en se hâtant vers la porte. Il prévoyait d'enterrer Ruth dans la forêt. Le trou était déjà prêt.

On frappa encore.

Nicholas saisit la poignée et ouvrit.

Son cœur manqua un battement. Sa gorge devint sèche.

— Rosalyn, souffla-t-il d'une voix rauque.

# 29

Nicholas sortit sous le porche et ferma rapidement la porte derrière lui.

Rosalyn se jeta aussitôt à son cou. Il la serra fort contre lui. Malgré ses vêtements trempés, il sentait la chaleur de son corps contre le sien. Chaud. Si chaud.

Rien de comparable avec la répugnante froideur de la peau de Ruth. Il pressa son visage contre les cheveux mouillés de Rosalyn. Le familier et si délicieux parfum de rose lui fit l'effet d'un baume apaisant. Il voulait oublier Ruth. Oublier toutes les morts dont il avait été témoin.

Il ne voulait plus se séparer de Rosalyn. Mais il le fallait. Rosalyn ne devait pas voir Ruth. Elle ne comprendrait jamais. Il la perdrait définitivement.

Il s'écarta et regarda le doux visage de sa bien-aimée, comme s'il voulait en imprimer chaque trait dans sa mémoire. Une éternité semblait s'être écoulée depuis qu'ils s'étaient quittés à la gare de Shadow Cove.

Cela ne faisait que quelques jours. Mais tant de choses s'étaient passées depuis. Trop de choses.

Un éclair zébra le ciel, illuminant le visage de Rosalyn. Nicholas put clairement lire l'inquiétude.

— Quelque chose ne va pas, remarqua-t-elle avec douceur. Dis-moi.

— Je voudrais te le dire. Mais je ne peux pas. Pas ici. Tu dois partir. Prends une chambre à l'hôtel. Je te rejoindrai cette nuit. Je te le promets.

Dès que j'aurai tué ma femme, ajouta-t-il en son for intérieur.

Avant que Rosalyn ait pu lui poser une seule question, il se pencha et l'embrassa. Il voulait lui montrer combien elle lui avait manqué. Combien il désirait être avec elle. Combien il l'aimait.

Puis il s'écarta doucement d'elle.

— Il faut que tu partes maintenant.

Rosalyn acquiesça de la tête.

— Je t'aime, Nicholas.

La porte s'ouvrit brusquement derrière Nicholas. Un flot de lumière inonda le porche.

Ruth s'empressa de rejoindre Nicholas et d'agripper sa main.

— Oh, bonjour! dit-elle à Rosalyn d'un ton enjoué. Vous êtes une amie de Nicholas?

Rosalyn attendit que Nicholas la présente comme sa fiancée. Mais il resta pétrifié. Incapable de parler.

— Je suis Rosalyn, répondit-elle finalement.

Dis quelque chose, s'ordonna Nicholas. N'importe quoi.

— Rosalyn va prendre une chambre à l'hôtel, lâcha-t-il. Il faut qu'elle parte tout de suite.

— Non! protesta Ruth. Votre amie doit rester et se joindre à nous pour notre toast. Puisqu'elle n'est pas arrivée à temps pour le mariage.

Nicholas vit le visage de Rosalyn se vider de toute couleur.

— Impossible, objecta-t-il faiblement. Rosalyn doit vraiment aller à...

Ruth l'ignora. Elle offrit son bras à Rosalyn et la fit entrer. Nicholas les suivit.

— Quelle tête de linotte, minauda Ruth. Je ne me suis même pas présentée. Je suis Ruth. Mme Nicholas Fear.

Elle regarda Nicholas par-dessus son épaule.

— Allez chercher une autre coupe, mon ami.

— Rosalyn ne veut pas...

— Si, l'interrompit cette dernière en lui faisant face. Je veux porter un toast à votre bonheur. Tu sais à quel point ton bonheur est important pour moi, Nicholas.

Sa voix était lourde de tristesse, même si elle s'efforçait de se maîtriser.

— Je reviens tout de suite, marmonna Nicholas.

Il se précipita à la cuisine. Ses mains tremblaient tandis qu'il prenait une autre coupe de champagne et la remplissait.

Il devait les rejoindre au plus vite, s'assurer que Rosalyn ne buvait pas la coupe empoisonnée.

— Regardez ce que Nicholas m'a offert en gage de son amour, se vantait Ruth quand il entra dans la pièce.

— Il doit beaucoup vous aimer pour vous offrir un cadeau si original, commenta doucement Rosalyn.

Elle regarda Nicholas. Ses yeux brillaient de larmes contenues.

Il aurait voulu tout lui expliquer sur-le-champ. Mais c'était impossible. Son plan était déjà trop avancé. Il devait jouer le rôle du mari comblé jusqu'à ce que Ruth soit morte.

— À notre bonheur, dit Ruth en levant sa coupe.

*Sa coupe.*

Rosalyn aussi avait déjà une coupe en main.

Laquelle des deux contenait le poison ?

## 30

— À votre bonheur, dit Rosalyn en écho.

Elle porta la coupe à ses lèvres.

— Nooon ! s'écria Nicholas.

Mais Rosalyn vida la coupe.

Ainsi que Ruth.

— Que se passe-t-il, Nicky? s'enquit Ruth d'une voix insupportablement chantante.

Nicholas l'ignora. Son regard passait alternativement de l'une à l'autre. Qui avait bu le poison?

— Je vais vous laisser maintenant, déclara Rosalyn.

— Ne prendrez-vous pas un peu de gâteau? proposa Ruth.

Elle leva le grand couteau à pâtisserie, prête à découper une part pour Rosalyn.

— Non. Il faut que je parte.

Ruth haussa les épaules et reposa le couteau.

Rosalyn fit deux pas en direction de la porte. Puis tituba. Elle avança encore, et ses genoux flanchèrent. Elle s'effondra au sol.

Nicholas se précipita pour s'agenouiller près d'elle. Son corps était secoué de tremblements. Elle poussa un gémissement.

Nicholas la prit dans ses bras. Il la serra avec force, essayant d'arrêter les soubresauts qui agitaient son corps tout entier.

— Pardon, Rosalyn. Pardon. Je n'ai jamais voulu te faire de mal.

Les lèvres de Rosalyn bougèrent. Nicholas se pencha un peu plus pour l'entendre. Mais rien d'audible ne sortit de sa bouche.

Puis elle toussa plusieurs fois. Une toux affreuse, qui la laissa haletante.

Un filet de sang coula de sa bouche.

Son corps se raidit.

Puis devint mou.

Elle était morte.

Nicholas berça Rosalyn dans ses bras. Puis il écarta ses cheveux noirs de son visage, essuya le sang de ses lèvres.

— Pardon, Rosalyn. Pardon.

Il s'excusa encore et encore, même si elle ne l'entendait plus. Même si elle ne l'entendrait plus jamais.

— Je t'aime, souffla-t-il enfin.

— Il faut vous débarrasser du corps, dit calmement Ruth.

Nicholas l'avait complètement oubliée. Ruth devrait être morte. C'était elle qui était censée mourir. Pas Rosalyn.

Ruth devait mourir!

Le jeu allait s'arrêter là.

Nicholas se releva. Il s'empara du couteau posé près du gâteau.

Et se rua sur Ruth.

## 31

Ruth souleva l'amulette, la présentant au regard de Nicholas. Il s'immobilisa.

Les pierres bleues luisaient étrangement.

— Qu'est-ce que...? balbutia Nicholas.

Ruth éclata de rire.

— Vous ne savez même pas ce que vous possédez là. Cette amulette détient le pouvoir. Tout le pouvoir que vous désirez.

La voix de Ruth était grave et puissante. Une fois encore, elle avait laissé tomber le masque, révélant la froideur de sa vraie nature.

— Je comprends le pouvoir, mais je ne suis pas une Fear. Alors je ne peux pas l'utiliser comme vous le pouvez. Imaginez ce que nous pourrions accomplir ensemble.

— Le pouvoir, ricana Nicholas. Je ne vais pas tarder à vous donner une leçon de pouvoir.

— Permettez d'abord que je vous informe, déclara Ruth sans se démonter. Cette amulette s'est transmise de génération en génération chez les Fear. Daniel Fear l'a donnée à Nora Goode le jour de leur mariage.

Nicholas secoua la tête.

— Ma mère ne m'a pas donné cette amulette. C'est Rosalyn. Elle l'a trouvée sur la plage quand elle était enfant.

Ruth haussa imperceptiblement les épaules.

— L'amulette revient toujours aux Fear, d'une façon ou d'une autre. Ma nourrice travaillait chez les Fear à une époque. Elle m'a raconté beaucoup de choses sur votre famille.

Nicholas regarda l'étrange lumière bleue qui semblait animée d'une vie propre. Il toucha l'une des griffes d'argent. Le métal était chaud.

— Vous sentez son pouvoir, n'est-ce pas, Nicholas ? Ce pouvoir peut être le vôtre — avec mon aide.

Il la regarda. Ses yeux morts ne révélaient rien de ses pensées.

Je n'étais pas forcé d'épouser Ruth, réalisa-t-il. Le pouvoir était entre mes mains. Je peux encore la tuer. Tout de suite.

— Je sais ce que vous pensez, Nicholas, dit calmement Ruth. Vous pensez que vous pouvez jouir du pouvoir dont vous rêvez, sans moi. Vous pensez m'assassiner.

Les doigts de Nicholas se resserrèrent sur le couteau.

— Pourquoi ne le ferais-je pas ? Après tout ce que vous m'avez fait ?

Il regarda le corps sans vie de Rosalyn.

— J'ai fait tout cela *pour* vous ! protesta Ruth. Vous vouliez le pouvoir. À présent vous l'avez. Je peux vous apprendre à l'exploiter et à l'utiliser. Rosalyn aurait été un obstacle à votre puissance.

Nicholas desserra sa prise sur le couteau. Sur ce point, Ruth avait raison. Rosalyn n'aurait jamais approuvé un pouvoir obtenu par le mal.

— Vous et moi pouvons être puissants, poursuivit Ruth, ses doigts crispés sur l'amulette. Vous êtes un Fear. J'ai appris tout ce que j'ai pu sur l'amulette et la magie noire.

Rosalyn est morte, pensa Nicholas.

Ma mère est morte.

Je n'ai aucun ami.

Pourquoi n'aurais-je pas la puissance ? C'est tout ce qui me reste.

Ruth sait que je ne l'aime pas. Je ne l'aimerai jamais. Mais je peux l'utiliser pour obtenir ce que je veux.

Nicholas tendit le couteau à Ruth.

— Vous étiez sur le point de couper notre gâteau de mariage, je crois.

Avec un sourire satisfait, Ruth glissa son bras sous le sien.

— Beaucoup de projets nous attendent, mon cher époux.

Nicholas regarda une dernière fois Rosalyn. Douce Rosalyn sans vie. Puis il revint à Ruth.

— Beaucoup, acquiesça-t-il.

*Je suis un Fear. Je vivrai un destin de Fear.*

— Le pouvoir par le mal, cita-t-il.

Et il sourit.

# ÉPILOGUE

Les habitants de Shadyside applaudirent quand Nicholas coupa le ruban. Martha et ce dernier les précédèrent dans la parcelle de terrain fraîchement déblayée.

— Voici l'emplacement de la première maison de Fear Street, annonça Nicholas.

La foule l'acclama.

Martha se rapprocha de lui. Nicholas se força à ne pas tressaillir quand elle passa sa main froide sur sa joue.

— J'ai une surprise pour vous, murmura-t-elle. Je porte votre enfant.

Un enfant.

Nicholas se promit que son enfant grandirait avec tout ce que lui-même n'avait jamais eu. Son enfant aurait le pouvoir et la fortune des Fear.

— Ensemble nous ferons de Fear Street ce qu'elle était destinée à être, promit Martha.

Elle caressa du bout des doigts les mots gravés au dos de l'amulette. LE POUVOIR PAR LE MAL.

Nicholas porta son regard sur les ruines de la demeure Fear. Oui, pensa-t-il. Bientôt tout le monde connaîtra le nom de Fear Street.

## Déjà parus dans la collection Peur Bleue

### CHRISTOPHER PIKE

Un squelette sous la mer - 4520/G
Diaboliquement vôtre - 4521/G
Week-end fatal - 4525/G
Dernier acte - 4620/G
La chaîne de la mort - 1 - 4644/E
La chaîne de la mort - 2 - 4723/E
Scénario macabre - 4532/G
Ultime Voyage - 5447/C

### NICHOLAS PYNE

Terror Academy - 1 - Court-jus - 5030/E
Terror Academy - 2 - Sous le choc - 5083/E
Terror Academy - 3 - Seize printemps - 5200/F
Terror Academy - 4 - Cours du soir 5290/F
Terror Academy - 5 - Panique au collège - 5363/F
Terror Academy - 6 - Fou à lier - 5443/F

### R.L. STINE

Pari mortel - 4518/E
La chambre condamnée - 4519/E
La tombe sauvage - 4530/E
Coupés du monde - 4534/E
Halloween Party - 4622/E
Dans la peau d'une autre - 4671/E
Malédictions - 1 - La trahison - 4768/E
Malédictions - 2 - Le secret - 4833/E
Malédictions - 3 - Le brasier - 4896/E
Le bal de la mort - 4900/E
Lettres anonymes - 4939/E
Piège infernal - 4988/E
Dans le silence de la nuit - 1 - 5004/E
Dans le silence de la nuit - 2 - 5046/E
Chambre noire - 5084/F
Tapi dans l'ombre - 5113/E
La confession - 5222/F
Les murs ont des oreilles - 5242/F
Les vampires du clair de lune - 5271/F
Mauvais farceur - 5316/F
Le baiser de la mort - 5344/F
Portrait d'outre-tombe - 5381/F
Tel est pris qui croyait prendre - 5433/F
Rescapées - 5451/F
Le garçon d'à côté - 5448/F

5478

Composition Euronumérique
Achevé d'imprimer en Europe (Allemagne)
par Elsnerdruck à Berlin
le 16 février 2000.
Loi nº 49-956 du 16 juillet 1949
sur les publications destinées à la jeunesse
Dépôt légal : février 2000. ISBN 2-290-30209-0

Éditions J'ai lu
84, rue de Grenelle, 75007 Paris
*Diffusion France et étranger : Flammarion*